瘋癲老人日記

谷崎潤一郎

劉子倩◎譯

1

十六日。……晚間至新宿第一劇場看夜戲。演出的戲碼有《恩仇的彼方》、《彥市物語》、《助六曲輪菊》，可我不想看別的，唯一的目標就是助六[1]。我對勘彌飾演的助六不甚滿意，但據說由訥升飾演揚卷，我很好奇他的扮相會有多麼俊美，比起助六，揚卷更吸引我。老伴與颯子伴我同行。淨吉也從公司直接趕來會合。助六這齣戲只有老伴知道。颯子毫無概念。老伴以前或許也看過團十郎飾演的助六，但她不記得了。她說曾看過一兩次上上代羽左衛門演的助六。確定看過團十郎演出的只有我一人。記得那應該是明治三十年前後，我十三、四歲時。那是團十郎最後一次演出助六，之後便於三十六年過世。飾演揚卷的是先代歌右衛門，當時

1 助六，歌舞伎知名戲碼之一，也是戲中男主角之名。最早於一七一三年由第二代市川團十郎演出，也是歷代市川團十郎的拿手戲。花魁揚卷為助六的情人，意休為助六的情敵。

還叫做福助。飾演意休的是福助之父芝翫。當時我家還住在本所下水道那邊，兩國廣小路的——那叫甚麼來著，某某知名大眾書店的店門口就掛著助六、意休和揚卷這三張海報，令我至今難忘。

我看到羽左衛門演出助六的那次，飾演意休的是先代中車，飾演揚卷的應該也是昔日的福助，當時的歌右衛門。

那是個寒冷的冬日，羽左衛門雖然發燒近四十度，還是哆嗦著下水。康培拉門兵衛一角還特地從淺草的宮戶座請來中村勘五郎演出，此事令我印象格外深刻。總之我很喜歡助六這齣戲，聽到要上演助六，即便是勘彌演的也想去看。更何況還能看到我喜歡的訥升。

這是勘彌第一次演助六，果然還是令人不敢領教。不只是勘彌，最近演助六的演員都穿著緊身褲襪。有時褲襪會擠出皺折，看了就掃興。那絕對應該光著腿塗抹白粉才對。訥升飾演的揚卷讓我十分滿意。只看他就已值回票價。歌右衛門以前還叫做福助的時代姑且不論，近來尚未見過這麼美的揚卷。其實我並無 Pederasty（男色）嗜好，但最近很奇妙地對歌舞伎演員飾演的年輕女角似乎格外感到性魅力。而且對方不能素顏，必須是女裝打扮的舞台扮相。對了，這讓我想起，或許也不能說我完全沒有那種嗜好。

我年輕時有過一次奇怪的性體驗。昔日新派歌舞伎有若山千鳥這個美少年女角。隸屬於山崎長之輔的劇團，在中洲的真砂座劇場演出，年紀稍長後和長得與第六代神似的上一代嵐方三郎演對手戲，於宮戶座演出。不過說是年紀稍長也才三十出頭風華正茂，外表看起來就是熟女，壓根不像男人。在真砂座時代飾演紅葉山人[2]作品《夏小袖》的小姐時，我尤其感覺她，不，是他極具魅力。某次我開玩笑說，真希望有機會邀請他出場赴宴，讓他像舞台上那樣扮成女裝，哪怕只是片刻也想一親芳澤。某茶室的老闆娘聽了表示，若我當真這麼希望那她可以代為安排，而且真的意外實現我的心願，得以與他同床共枕，真槍實彈辦事時，也和普通藝妓用

2 紅葉山人，即明治時代的小說家尾崎紅葉（1868-1903）。代表作為《金色夜叉》。

普通方法辦事沒甚麼不同。換言之他直到最後都沒讓人感到是男的，徹底扮演女性。他戴著假髮，躺在船底形的枕上，在黑暗的房間被褥中，穿著友禪染布的長襯裙，卻擁有異常巧妙的技巧，讓我經歷了一場非常不可思議的體驗。在此必須聲明，他絕非所謂的 Hermaphrodite（陰陽人），甚至擁有雄偉的男性性器。但他憑藉技巧讓我完全感受不到那個。

但就算他技巧再怎麼巧妙，我本來就沒那種性向，所以一次就已滿足好奇心，之後再也沒有和同性發生過關係。如今我七十七歲，早已喪失那種性能力，不是對男裝麗人，卻對女裝美少年開始感到魅力不知又是為什麼。是年輕時對若山千鳥的記憶如今復甦了嗎？好像並不是。更重要的是，那似乎和性無能老人的性生活——即便無能還是有某種性生活——有某種關聯。……

今日手瘦。就此停筆。

十七日。繼續昨日的內容再寫一點。梅雨期間雖陰雨綿綿，但昨晚相當悶熱。

劇場內當然有冷氣，可這種冷氣於我是大忌。左手的神經痛因此更加疼痛，皮膚的麻痺也更嚴重。往常只有手腕到指尖發作，如今連手腕以上直到肘關節都很痛，有時甚至越過手肘波及肩膀一帶。

「看吧，所以我不是早就說了，何必冒著這麼大的痛苦非要來看戲。」老伴說道。

「而且是這種二流戲劇。」

「不，也不能這麼說。光是看到揚卷的臉就已讓我忘了些許疼痛。」

我被老伴教訓後更加賭氣。但手部發冷越發嚴重。我穿著夏季麻紗外套，毛呢單衣，夏季絲絹長內衣，而且左手戴著灰色毛線手套，還握著手帕包裹的白金懷爐。

「不過訥升真的好漂亮。難怪老爺子這麼仰慕他。」颯子說。

「老婆……」淨吉發話後又臨時改口，

「妳也懂得箇中趣味嗎？」淨吉說。

「雖然不懂技藝是好是壞，但臉蛋與身形很漂亮讓我很佩服。老爺子，明天要不要來看日場的戲？《河庄》[3]的小春一定也很棒。如果要看不如就明天來？往後天氣會越來越熱。」

老實說，我本來手痛得打算不看日場的戲了，但被老伴教訓後反而賭上這口氣，決定明天白天就算忍痛也要來。颯子敏銳地早早發現我這種心情。老伴對颯子之所以印象不好，就是因為碰上這種場合，颯子通常無視婆婆，一意迎合我的想法。她或許也喜歡訥升，但她對演治兵衛的團子可能更感興趣也未可知。……

今天日場的《河庄》下午二點開演，預定三點二十分左右結束。今天豔陽高照比昨天更熱。車內的悶熱也令人苦不堪言，但冷氣肯定會開得更強，所以我比較擔心的是手痛。司機說，昨天是晚間出門所以倒還好，但今天因為時間的關係，必然會在哪撞上遊行示威的隊伍，不得不在哪橫越連結美國大使館和國會議事堂、南平台的那條線，為了避免塞車最好早點出門。最後我們只好提早在一點出發。今天就我們三人，淨吉缺席。

幸好沒受到太大的阻礙就抵達了。段四郎的《惡太郎》還沒演完。我們沒看那齣先去餐廳歇腳。大家都要喝飲料所以我也點了冰淇淋，但被老伴阻止了。《河庄》的小春是訥升飾演，飾演治兵衛的是團子，飾演孫右衛門的是猿之助，演妻子的是庄宗十郎，還有演多兵衛的團之助等等。我想起以前先代鴈治郎在新富座演這齣時的情景。當時孫右衛門是這個猿之助的父親段四郎飾演，小春是先代梅幸飾演。團子飾演治兵衛當然非常賣力，我承認他已盡了全力，但過於賣力之下好像緊張過度變得有點僵硬。不過他年紀輕輕就挑大樑也難怪會緊張。看在他努力的份上，我祈求他將來能成大器。同樣是擔綱演主角，我認為選擇江戶的戲會比選大阪的好。訥升今天也很漂亮，但我覺得他扮演揚卷更好。之後還有《權三與助十》，但我們沒看就走了。

「既然來到這裡，不如順路去一下伊勢丹百貨吧。」

3《河庄》，歌舞伎戲碼之一，描寫已婚的紙屋治兵衛與妓女小春相戀，攜手殉情的故事。

我明知老伴會反對還是開口。

「又吹冷氣沒關係嗎？天氣這麼熱，還是早點回去吧。」

老伴果然這麼說。

「妳也看到了。」

我說著，給她看我拿的高級蛇紋木手杖尖端，

「這個地方脫落了。不知為什麼手杖的尖端好像都撐不了太久。過個兩三年必然會脫落。我想去伊勢丹百貨的特選品賣場應該能找到甚麼好貨色。」

其實我另有想法，但我沒說出口。

「野村，回程應該也不會碰上示威遊行吧？」

「是，應該沒問題。」

根據司機野村的說法，今天是全學連的反主流派示威遊行，下午二點在日比谷集合，主要好像是在國會警視廳附近活動，所以只要不遇上他們就沒事。紳士用品特選賣場在三樓，可惜沒看到我中意的手杖。順便又去了二樓的女用品特選賣場。

全館都在促銷中元禮品，所以人潮相當擁擠。有夏季義大利時裝展示，陳列許多知名設計師設計的義大利風格高級訂製服。颯子看了頻呼「哇，好好看！」，路都走不動了。

我給颯子買了一條皮爾．卡登的絲巾。要價三千圓。

「我一直很想要這樣的東西，可是太貴了買不起。」

她說著，走到似乎是義大利製的米色麂皮且開扣鑲有仿藍寶石的手提包前，頻頻發出驚嘆。此物定價二萬數千圓。

「這點東西，讓淨吉買給妳。」

「不行啦，他很小氣。」

老伴悶不吭聲。

「已經五點了，老太婆，待會去銀座吃完晚飯再回去吧。」

「去銀座的哪裡？」

「去濱作吧，我打從之前就很想吃狼牙鱔。」

我叫颯子打電話去濱作，預約吧台三、四人的座位。訂的是六點過去，所以叫淨吉如果趕得及就過來一起吃。野村說，示威遊行會持續到深夜，從霞關走到銀座預計十點才解散，我們如果現在去濱作，八點之前就可回家所以沒問題。不過如果稍微繞遠路從市谷見附經九段出八重洲口的話，完全不用擔心遇上示威遊行。……

十八日。繼續昨天的內容。昨晚按照預定計畫於六點抵達濱作。淨吉已經先到了。老伴，我，颯子，淨吉依序坐下。淨吉夫婦喝啤酒，我們用玻璃杯喝綠茶。前菜我們點的是瀧川豆腐，淨吉吃毛豆，颯子吃涼拌海藻。我除了豆腐又追加白味噌拌鯨魚肉。生魚片是鯛魚二人份，狼牙鱔拌梅肉二人份。老伴和淨吉吃鯛魚，我和颯子吃梅肉。烤物只有我一個人是烤狼牙鱔，他們三個都選鹽烤香魚，湯品四人都是早松茸土瓶蒸，另外還有味噌醬烤茄子。

「還可以再叫點甚麼吃吧」

「別開玩笑了，吃這麼多還不夠？」

「不至於不夠，只是來到這裡就特別想念關西菜。」

「有鹽烤甘鯛喔。」淨吉說。

「老爺子，要不要吃這個？」

颯子面前的狼牙鱔還剩很多。她打算把自己不吃的給我，只吃了一兩片而已。老實說，我早就預期她會把吃剩的給我——或許今晚我就是抱著這個目的——才來到這家餐廳。

「傷腦筋，我早就吃完了，所以梅肉都已經撤下了。」

「我這裡還有梅肉呢。」

颯子說著，把自己的梅肉連同狼牙鱔一起推過來，

「梅肉再重新點一份吧？」

「用不著，我吃妳這份就行了。」

颯子雖只吃了二片，用來當作沾醬的梅肉卻被她吃得亂七八糟。她的吃相一點也不像女人。我懷疑這或許也是她故意的。

「這個香魚魚腸也拿去。」

老伴說。把烤香魚的魚刺挑乾淨是她的拿手絕活。她把魚頭魚骨和魚尾堆在盤子的一邊，魚肉絲毫不剩，就像被貓舔過似的。而且她總是留下魚腸給我。

「我這邊也有。」颯子說。

「但我很不會吃魚，所以吃得不像婆婆那麼乾淨。」

颯子的香魚殘骸的確一片狼藉。吃得比梅肉更邋遢。在我看來這分明也是別有意味。

吃飯時閒聊，淨吉說這兩三天內或許必須去札幌出差。預定待在當地一星期，如果想去可以一起去。颯子想了一會說，雖然想看北海道的夏天，但這次就算了，二十日春久邀她去看拳擊賽已經約好了。淨吉聽了只說聲是嗎，並未勉強她。眾人於七點半返家。

十八日早上經助去上學、淨吉去上班後，我就去院子散步，在涼亭休息。距離涼亭約三十公尺有餘，最近雙腳逐漸不良於行，今天比昨天更加舉步維艱。一方面也是因為梅雨季節溼氣重，但去年梅雨季尚且不致如此。雖非手部那種疼痛與冰冷，卻感覺異樣笨重，好像走路都會絆倒。那種笨重感有時在膝蓋，有時在腳底或腳背，因日而異。醫師的意見也各不相同。有人說是往年輕微腦溢血的後遺症還在，導致腦中樞有些許變化，因此影響了雙腳，照了片子後也有醫師說是頸椎和腰椎彎曲變形造成的。要矯正頸椎和腰椎，必須讓床鋪斜放，躺的時候把脖子往上吊起，或者腰部打石膏穿鐵衣，據說暫時都得穿著那個。我實在受不了那種彆扭的姿勢，只好就這樣忍耐現狀。不過就算舉步維艱，每天還是得一點一點慢慢走。因為他們嚇唬我說如果不堅持走路，很快就會真的不能走了。有時腳步踉蹌幾乎跌倒，所以我拄著寒竹拐杖，但通常都有颯子或護士小姐陪伴在旁。今早是颯子。

「颯子，這給妳。」

在涼亭歇腳時，我從衣袖取出一疊折成小小的鈔票塞到她手裡。

「這是幹甚麼？」

「二萬五千圓，妳可以買下昨天那個手提包。」

「不好意思。」

颯子急忙把鈔票塞進襯衫內側。

「不過妳如果拎著那個包，老太太會不會發現是我買給妳的？」

「婆婆那時候沒看到，因為她已經大步走到前頭去了。」

我也猜想是這樣。

…………

…………

十九日。今天雖是星期天，淨吉卻在下午自羽田啟程出差。颯子也緊跟著駕駛希爾曼（Hillman）出門去了。家人都覺得颯子開車很危險所以很少坐她的車。自然而然變成她的專用車。她並不是去替丈夫送行。她是要去史卡拉劇院看亞蘭・德倫主演的電影《陽光普照》。今天春久大概也會跟她一起去。經助一個人在家發呆。今天陸子從辻堂帶孩子們來玩，經助似乎正翹首以待。

下午一點多杉田來出診。這是因為我疼得太厲害，佐佐木很擔心，所以打電話給他。根據東大梶浦內科的診斷，如今腦中樞的病灶幾乎已完全好轉。還會疼痛的話並非腦部疾病。醫生說這證明病況正朝風濕性關節炎或神經痛轉變。根據杉田的意見，最好去看整形外科，於是日前在虎門醫院照了片子，但被嚇唬說片子顯示頸椎一帶有陰影，而且手痛如此嚴重，所以也可能是癌症。於是又做了頸椎斷層掃描。幸好不是癌症，是頸骨第六節與第七節變形。腰椎也有變形，但據說沒有頸部那麼嚴重。手部疼痛發麻都是因為那個緣故，所以治療方法就是訂做易滑的板子，下裝滑輪，呈三十度斜角，起初每天早晚在上面躺十五分鐘，用格林森氏吊繩這種東西（根據自己的頸圍找醫療器械公司特地訂做的一種吊頸器）拉脖子，藉由全身重量把脖子向上拉。據說只要時間與次數漸漸增加，持續做兩三個月復健後應該會有起色。天氣這麼熱，我實在提不起勁做那種事，卻又沒別的治療方法，所以杉田勸我不妨還是試試看再說。做不做還不知道，但我決定先找木匠做滑板和滑輪，叫醫療器材公司的人來替我量頸圍。

二點時陸子來了。還帶著二個孩子。長子據說去打棒球了沒有來。秋子和夏二立刻跑去經助的房間。三人似乎計畫去動物園。陸子只是草草跟我打聲招呼，就去起居室和老伴聊得起勁。反正每次都這樣倒也不稀奇。

今天沒有別的事情可寫，這種時候就稍微記錄一下心事。

人老了或許都是如此，最近我沒有一天不想到自己的死。不過我也不是最近才這樣。打從很久以前，二十幾歲時就開始了，只不過最近更嚴重。一天總有兩三次想到，「我會不會今天就死」。那不見得伴隨恐懼。年輕時當然伴隨強烈的恐懼，但現在甚至有幾分期待。取而代之的，是對自己死時及死後情景鉅細靡遺的幻想。我希望告別式別去甚麼青山齋場舉辦，就在這個家面對院子的十帖房間停棺。如此一來，出席者從大門經過中門一路踩著踏腳石前來上香會很方便。如果放甚麼笙或篳篥之類的音樂我會受不了，最好是有人像富山清琴[4]那樣彈奏〈殘月〉。

磯邊松葉隱，明月入海沖。

光影夢世早，覺真如明光，恍似住月都。……

清琴的歌聲縹緲，明明應該已經死了，但死了都覺得好像聽得見。也可聽見老伴的哭聲。五子和陸子平時和我合不來，老是吵架，但這時同樣放聲大哭。颯子肯定泰然自若。抑或，說不定她也會哭。至少也許會裝裝樣子吧。死後的遺容不知是甚麼樣子。最好盡量保持現在這個程度的富態。甚至看起來有點面目可憎更好。……

「老爺子……」

寫到這裡，老伴忽然帶陸子進來了。

「陸子好像有事要拜託你。」

陸子的請託是這樣的。她的長子阿力雖才大二年紀還小，已經有了女友論及婚

4 富山清琴，地方歌謠、生田派箏曲的國寶級大師。現已傳至第二代。

嫁，陸子也同意了，但，讓二個年輕人自己租公寓生活還是會不安，所以在阿力畢業就業之前，打算讓他們在自己身邊過夫妻生活。如此一來，現在位於辻堂的房子就太小了。本來就住了陸子夫婦和三個孩子已經擠得傷腦筋了。這時如果兒媳婦再搬進來，遲早還會生孩子。不如趁這機會換個比較寬敞的現代化房子。同樣位於辻堂，距離五、六百公尺的地方正好有一間合適的房子要賣，所以她打算設法買下，但她說手頭還差了兩三百萬，一百萬還能想辦法，但目前實在湊不出更多錢。她說當然不是要叫我出這筆錢。她打算向銀行貸款，但是那個利息二萬圓想請我資助。而且保證明年之內就會還清。

「妳手上應該有股票吧，把股票賣掉不就行了。」

「如果賣掉那個，那就真的是一文不名了。」

「對呀，唯獨那個還是不要賣比較好。」

老伴也幫著講話。

「是啊，我打算留著股票以備不時之需。」

「說甚麼傻話，妳丈夫不是才四十幾歲。年紀輕輕的怎麼能這麼沒志氣。」

「陸子出嫁之後從來沒有提過這種要求。這是第一次。你不如就答應她吧。」

「說到那二萬圓，如果過了三個月付不出利息怎麼辦？」

「到時候再看著辦吧。」

「那豈不是沒完沒了了。」

「鋅田也說絕對不會拖累您老人家，但再這樣磨蹭下去房子就要賣掉了，所以想拜託您暫時幫個忙。」

「區區一點利息，老太太應該就能解決吧。」

「你要叫我出錢？真過分。明明有錢買手提包給颯子。」

被這麼一說我也怒了，當下決心明確拒絕。心情反而很痛快。

「那我考慮看看。」

「能不能今天就答覆呢？」

「最近家裡開銷也很大。」

母女倆嘀嘀咕咕抱怨著走了。

意外的插曲打斷了我的記述。剛才的話題我再繼續寫幾句。

到五十歲左右為止，死亡的預感與日俱增讓我很害怕，但是現在已經沒那回事。我對人生已疲倦，好像甚麼都無所謂了，隨時死去都沒關係。日前去虎門醫院做斷層掃描時，被宣告可能是癌症，陪同的老伴和護士小姐都花容失色，可我卻非常鎮定。連我自己都很意外居然能夠如此平靜。想到漫長的人生這下子終於要結束，甚至有點如釋重負。所以我對活下去毫無執著，但只要還活著，就不可能不被異性吸引。我想這種心情恐怕會持續到死亡的那一刻。我沒有久原房之助那種旺盛精力，據說他九十高齡還能生子，我如今已是性無能，但我還是可以用各種變形的間接方式感受性魅力。現在的我等於全靠這種性慾和食慾的樂趣活著。我這種心境，好像只有颯子隱約察知一二。在這個家中，知情者只有颯子。其他人毫無所知。颯子似乎在用間接的方式逐步試探，觀察我的反應。

連我自己都很清楚我是個滿臉皺紋的糟老頭。晚上睡覺時拿下假牙照鏡子，鏡中的臉孔著實不可思議。上顎與下顎沒有一顆自己的牙齒。也沒有牙齦。抿嘴時上下唇會乾癟地黏在一起，而且鼻子下垂幾乎落到腮幫子。這是我自己的臉嗎？我不禁目瞪口呆。別說是人了，就連猴子都不會有這麼醜惡的臉孔。這種嘴臉還妄想甚麼被女人青睞。相對的，世人認定我肯定也自認是個完全沒那種資格的老頭子，因此對我很放心，讓我有機可趁。雖然我沒資格也沒實力去趁虛而入，但我可以安心親近美人。自己雖無實力，卻可以唆使俊男美女，讓家庭產生糾紛，自己躲在一旁看好戲。……

二十日。……淨吉如今似乎沒那麼愛颯子了。或許是經助出生後愛情逐漸冷卻。他現在頻頻出差，即便待在東京也有很多應酬經常晚歸。說不定是在外面有了女人，但我無法確定。現在對他來說，工作似乎比女人更有吸引人。以前他們相當恩愛，他這種三分鐘熱度也許是遺傳了我的毛病。

我向來採放任主義所以沒有去干涉，但老伴當初反對他和颯子結婚。颯子雖自稱是ＮＤＴ（日本劇場 Dancing Team）的舞者，但她只在日本劇場待了半年而已，之後也不知做了些甚麼，好像還曾混跡淺草一帶，似乎也在某家夜店上過班。

「妳現在不跳芭蕾舞了？」我曾這麼問。

「我不跳芭蕾舞了。我曾夢想成為芭蕾舞伶，去上過一兩年的課，所以踮起腳稍微站一下還可以，說不定現在也能踮腳尖。」當時她如此表示。

「既然已經學了那麼久，為什麼不繼續跳？」

「因為腳會變形，變得很醜。」

「所以妳就不跳了？」

「我可不希望腳變成那樣。」

「會變成怎樣？」

「還能怎樣，當然是很醜。腳趾全部長繭，還會腫脹，指甲全都掉落。」

「妳現在腳很漂亮呀。」

「本來以前我的腳更漂亮。結果因為練舞變得很醜，只好放棄芭蕾舞，拼命想讓腳恢復原狀，每天拿浮石和銼刀等各種工具磨腳皮。即便如此還是沒恢復以前的模樣。」

「來來來，讓我看一下。」

我意外地有機會觸摸她的玉足。她把雙腿伸到沙發上，脫下尼龍襪給我看。我把她的腳放到我膝上，將五根腳趾一根一根握住。

「摸起來好軟，根本沒有甚麼繭嘛。」

「您再仔細多摸幾下。用力壓那邊試試。」

「啊，這裡？」

「對吧？還沒有完全恢復。芭蕾舞伶說來好聽，但是他們的腳簡直慘不忍睹。」

「芭蕾舞伶雷佩欣絲卡雅[5]的腳難道也是那樣嗎？」

5 雷佩欣絲卡雅（Olga Lepeshinskaya，1916-2008），俄羅斯出色女芭蕾舞者，獲有多項榮譽獎項。

「那當然，我在練習時不知有多少次跳到鮮血不停從舞鞋淌出。不只是腳，小腿肚這裡也會隆起，變得硬梆梆。就像工人的小腿一樣肌肉糾結。胸部也扁了變成洗衣板，肩膀的肌肉也像男人一樣硬梆梆。就算是在舞台表演的舞者多少也會變成這樣，幸好我還沒有那樣。」

淨吉當初愛上她的確是因為她的外貌，她雖未念過甚麼書，頭腦似乎不差。她的個性好強，嫁來之後努力學習，如今法語和英語也好歹能說上幾句了。她喜歡自己開車，也愛看拳擊賽，同時也附庸風雅地喜愛插花，京都一草亭[6]的女婿每週會帶著各式珍稀花卉來東京上課二次，她跟著那人學了風雅作派。今天在我房間用青瓷水盤插了斑葉芒和三白草以及泡盛草。順帶一提，壁龕掛的是一幅長尾雨山[7]的書法。

柳絮飛來客未還
鶯花寂寞夢空殘

十千沽得京華酒
春雨闌干看牡丹

二十六日。昨晚吃太多冷豆腐似乎壞了事，半夜開始肚子疼，拉了兩三次。吃了三顆整腸藥但仍未止住腹瀉。今日整天時睡時醒。

二十九日。下午邀颯子去明治神宮那邊兜風。本是算準時機邀她出門，卻被護士小姐發現堅持也要跟來，搞得很掃興。不到一小時就匆匆返家。……

二日。從幾日前起血壓好像又升高了。今早收縮壓一八〇舒張壓一一〇。脈搏一百。護士小姐勸我吃了二顆賽帕希爾和三顆阿達林。手部的發冷與疼痛也再次惡

6 西川一草亭（1878-1938），京都人，昭和時代的花道名家。

7 長尾雨山（1864-1942），明治時代的漢學家、書法家、畫家兼雕刻家。

化。之前就算疼痛劇烈也很少因此睡不著覺，但昨晚半夜醒來，痛得忍不住叫醒佐佐木，讓她替我注射諾布朗。諾布朗雖然有效，事後卻會很不舒服。

「護頸和滑車已經做好了，您不妨試試看。」

雖然我完全提不起勁，但痛成這樣，我多少也有點想試驗看看。

三日。……我試著戴上護頸。那是用石膏做的，從頸部托起腮幫子。戴著雖然不痛，但脖子完全不能動。向左向右向下都不行。只能一直看著正前方。

「這簡直像地獄裡的刑具。」

今天是星期天，淨吉、經助、老伴和颯子一起過來參觀。

「天啊，老爺子好可憐。」

「那個東西得戴多久？」

「起碼得戴上幾天吧。」

「我看還是算了吧？那對老年人太殘酷了。」

我能聽見大家圍在四周七嘴八舌。但我不能轉頭所以看不見他們的臉。

結果決定不戴護頸，躺在滑車上拉脖子做復健。也就是用所謂的格林森氏吊繩。起初早晚各拉十五分鐘。這是用比護頸柔軟的布料拉脖子，所以不像護頸那樣僵硬，但脖子還是一樣動彈不得，只能看著天花板。

「好，十五分鐘到了。」護士小姐看著手錶說。

「第一次結束！」經助說著跑過走廊。

十日。開始拉脖子到今天正好滿一星期。時間從十五分鐘延長至二十分鐘，滑車的傾斜度也變得比較陡，吊得更高。可惜毫無效果。手還是一樣痛。根據護士小姐的意見，或許還是得持續兩三個月以後才會見效。我可沒有那麼大的耐心。晚間大家集合商量。颯子說這個療法對老人太辛苦，這麼熱的天氣不如暫且先觀望一陣子，另尋其他方法較妥當，聽某個外國人說，美國藥局有一種治療神經痛的藥物叫做得爾辛，雖然無法根治，但只要一天服用三、四次，每次三、四錠，至少可以消除疼痛，確實奏效，所以她買來了，勸我不妨試試看。老伴則建議我找田園調布的鈴木先生替我針灸，她說針灸或可見效不妨一試。老伴拿起電話和對方講了很久。鈴木氏聲稱工作忙碌，希望我去他那邊，若是出診的話，他一週頂多只能來兩三次，雖說到底怎樣還是得看了才知道，但聽起來八成能治癒，可能要治療兩三個月。幾年前我因長期心律不整無法解決而不知所措時，還有我飽受暈眩所苦時，都是鈴木醫生替我治好的。因此這次我也決定請他下週起出診。

我本是健康的體質。從少年時到六十三、四歲為止，除了因肛門周圍發炎開刀住了一星期左右的醫院，從來沒有生過甚麼病。六十三、四歲時被醫生警告有高血壓的跡象，六十七、八歲時輕微腦溢血躺了一個月左右，但幾乎沒嘗過肉體的痛苦。直到我虛歲七十七歲過了喜壽之後。起初是從左手到手肘，接著從手肘到肩膀，然後從腳到左右雙腿，逐漸無法再活動自如。這樣子人難免會懷疑活著還有甚麼樂趣，我自己也這麼想過，但不知該說是幸或不幸，食慾和睡眠乃至排便倒是不可思議地非常滿足。酒精類和刺激性、太鹹的食物被禁止，但我的食慾通常比一般人旺盛。醫生說無論是牛排或鰻魚，只要不過量都不會影響健康，所以我甚麼都吃得津津有味。睡眠方面也經常睡得太多，加上午睡的話一天通常睡九至十小時。排便一天二次。尿量很多，夜裡要起來兩三次，但我從未因此睡不著或睡意惺忪。半夢半醒地起床小便，尿完又立刻呼呼大睡。偶爾倒是會因手痛醒來，但通常都是半夢半醒之間，一邊覺得手痛一邊繼續睡。實在痛得厲害時，就讓護士給我打一針止痛劑然後立刻又睡著。就是因為吃得飽睡得好，所以才能活到今天。否則我說不定老早就死了。

也有人說，「你成天一下子喊手痛一下子說走不動，可是生活倒是挺享受的嘛。甚麼手痛其實是騙人的吧。」但我絕對沒騙人。只不過疼痛有時劇烈有時還好，無法維持穩定狀態，也有時一點也不痛。似乎視天氣和濕氣有種種變化。

說來奇怪，痛的時候也有性慾。甚至可以說，痛的時候慾望更強烈。或者應該說，讓我受苦的異性更顯得有魅力，強烈吸引了我。

這好像可以說是一種嗜虐傾向。我不認為自己年輕時就有這種傾向，老了之後才漸漸變成這樣的。

假設現在有二個同樣美貌的異性，同樣符合我的審美眼光。A的個性親切正直懂得關心別人，B冷漠無情愛說謊擅長騙人。這種情況下誰更吸引我呢？首先可以確定，對最近的我而言，B顯然比A更有吸引力。但就美貌而言，B絕對不能比A差。說到美貌，我自有我的審美偏好，臉蛋及身材各方面都必須符合我的偏好才行。我討厭鼻子太長太高的長相。最重要的腿必須白皙纖細。除此之外在各方面的優點相同時，個性惡劣的女人更能吸引我。有時女人的臉孔會呈現某種殘虐性，那是我最喜歡的。看到那種臉孔的女人，我總覺得那人不只是臉，好像連個性都殘忍，也希望她真有這麼殘忍。昔日歌舞伎女角澤村源之助的舞台裝扮就有那種味道。還有法國電影《浴室情殺案》中，飾演女教師的西蒙．仙諾[8]的臉孔，以及近來好評如潮的女演員炎加世子的臉孔也是。這些女人在實際生活中或許是善良的好女人，但她們如果是壞人，能夠和她們同居——就算同居做不到，至少住得很近有機會接觸的話，不知該有多麼幸福。……

十二日。……就算是個性惡劣的女人，也不能露骨表現出那種惡劣。越惡劣越得機靈，這是必要條件。惡劣也得有限度，偷竊，殺人之類的惡習當然不好，但也不能一概而論。就算知道這女人趁我睡著時偷東西，反而只會讓我更感興趣，明知她是小偷還是會和她發生關係，我無法抵抗那種誘惑。

我有個大學同學山田濕是個法學士。任職大阪的市公所，如今早已過世，他父親是資深律師，明治初年曾替高橋阿傳[9]辯護。他經常對身為兒子的濕說起高橋阿傳的美貌，「不知該形容為嬌豔嫵媚，還是該說她性感放蕩，總之到目前為止我從未見過那樣妖豔的女子，所謂的妖女或許正是形容這種女人，真真是牡丹花下死做鬼也風流。」據說濕的父親總是抓著兒子如此不勝感慨。我比他活了更大歲數也沒得到甚麼好處，如果現在出現一個像阿傳那樣的女人，或許被那女人親手殺死反而

8 西蒙．仙諾（Simone Signoret，1921-1985），法國女演員，經常被譽為法國電影最偉大的電影明星之一。法國第一位奧斯卡金像獎得主。

9 高橋阿傳（1849-1879），殺人犯，因玩弄男人的肉體，被稱為明治時代的毒婦。

更幸福。至少比起忍受這種凌遲般的手腳疼痛勉強苟活，我還真想被人殘酷地殺死。

我之所以愛颯子，就是因為在她身上感受到些許那種幻影嗎？她有點壞心眼。有點嘲諷。而且有點愛說謊。她和婆婆小姑處得並不好。對孩子的母愛淡薄。新婚時還沒那麼嚴重，但這三、四年來變得很明顯。這也有幾分是受我調教，刻意讓她變得如此。她本來個性並沒有那麼惡劣。到現在心地應該還是善良的，但不知不覺學會了故作壞人，而且還引以為傲。她大概料到這樣做可以討好我這個老頭子吧。不知為何我疼愛她遠甚於疼愛親生女兒，也不希望她和我的女兒們相處愉快。她對我的女兒越壞，我就越覺得她有魅力。這種心理狀態是最近才有的，但是越來越極端。忍受病痛折磨，無法享受正常的魚水之歡，竟會讓人性扭曲至此嗎？說到這裡，我想起日前家中發生過這麼一起糾紛。

經助已經七歲上小學一年級了，颯子卻一直沒有再懷孕。老伴開始懷疑這是颯子用人工方式刻意避孕所致。我心中也猜想八成是這麼回事，但我在老伴面前還是

一口咬定不可能有那種事。老伴憋不住，似乎再三對淨吉提起此事，

「沒那回事啦。」淨吉總是笑著打馬虎眼。

「一定是這樣不會錯，我可是清楚得很。」

「哈哈哈哈！那媽妳就問問看颯子。」

「你還好意思笑。我可是說正經的。你這樣縱容颯子是不對的，會讓她完全不把你放在眼裡。」

颯子終於被淨吉叫來當面向婆婆解釋。時而傳來颯子高亢的聲音。大概吵了一小時，最後老伴來喊我，「老爺子，請你來一下。」但我沒有去，所以不清楚詳細情況，事後聽說，因為被婆婆說得太難聽，颯子展開了反擊。

「我本來就沒有那麼喜歡小孩！」她還說，

「天空都降下致命的原子彈粉塵了，生那麼多小孩又有甚麼用。」

老伴也不甘示弱說，妳這女人背著我就毫不客氣地直呼自己的丈夫「淨吉」，淨吉也是，當著我的面對妳呼來喚去，可是在其他人面前卻對妳客氣得很，那也是

妳這麼要求他的吧？最後爭吵已經離題很遠了。到了這個地步老伴和颯子都火氣很大，光靠淨吉一人已經擺不平。

「既然這麼討厭我，那就乾脆分居算了。老公，你說好不好？」

聽到她這樣說，老伴再也說不出話。因為老伴和颯子都很清楚，我絕對不可能允許她搬出去。

「老爺子就交給老太太和佐佐木小姐照顧不就好了。老公，你說好不好？」

看到老伴徹底滅了威風，颯子越發得寸進尺挑釁。爭執就此結束。如果親眼看到肯定很有趣。事後我非常遺憾。

「梅雨季應該已經結束了吧。」

今天老伴說著走進來。日前的爭吵她還耿耿於懷，比起平時有點無精打采。

「今年好像雨水不太多。」

「今天已是中元節前夕了。我這才想起，墓地的事怎麼辦？」

「用不著急。就像我上次也說過的，我不希望自己葬在東京的墓地。雖然我是江戶人，但我不喜歡近年來的東京。如果葬在東京，不知何時會因何種原因被迫遷移至何處。多磨墓地沒有東京的感覺。我可不想葬在那種破地方。」

「這個我知道，但如果要選擇京都的墓地，不是說下個月大文字[10]之前要決定嗎？」

「還有一個月的時間不要緊。讓淨吉去就好。」

「你不用親自去看看嗎？」

「天氣這麼熱，我這個破身體想去也去不了。就延期到彼岸[11]吧。」

我們夫妻在兩三年前請師傅取了戒名。我的戒名是琢明院遊觀日聰居士，老伴的戒名是靜皖院妙光日順大姊，我討厭日蓮宗，正打算改宗至淨土宗或天臺宗。討厭日蓮宗的主要理由，是因為佛壇上放著日蓮上人頭戴棉帽、泥偶似的塑像，信徒必須膜拜那個塑像。可以的話我希望將來葬在京都法然院或真如堂一帶。

10 大文字五山送火，每年八月十六日在京都舉行的傳統活動。在山上以火光形成「大」字。

11 彼岸，春分、秋分的前後各三天共七天，此處應是指秋分前後的九月二十日至二十六日。

「我回來了。」

這時颯子走進來。此刻是下午五點左右。因為正好和老伴撞個正著，才會特別有禮貌地打招呼。老伴隨即離去。

「今天從早上就沒看到妳，妳去哪了？」

「到處逛街買東西，和春久先生去飯店吃烤肉，去『異鄉人』試衣服，之後又和春久先生會合去有樂座看電影《黑色奧菲斯》……」

「妳的右手曬得好黑。」

「這是昨天去逗子兜風曬的。」

「也是和春久去嗎？」

「對，春久先生不會開車，來回都是我開車。」

「只有一處曬黑，反而顯得白皙特別顯眼。」

「因為方向盤在右邊，開了一天車就會變成這樣。」

「妳的臉蛋通紅，好像很興奮。」

「會嗎？我沒有興奮，但我覺得布雷諾．梅洛[12]還不錯。」

「那是誰？」

「是《黑色奧菲斯》的黑人主角。這部電影根據希臘神話的奧菲斯傳說改編，啟用里約熱內盧嘉年華時的黑人作為擔綱拍攝。片中用的都是黑人演員。」

「那個演員真有那麼好？」

「布雷諾．梅洛以前本來是足球員，沒接受過表演的專業訓練。在片中飾演電車司機。邊開車邊對路上來往的女孩擠眉弄眼放電。他擠眼的樣子超帥。」

「我就算看了可能也覺得無趣。」

「老爺子會為我去看嗎？」

「妳願意帶我去再看一次？」

「我陪您去，您就會看？」

12 布雷諾．梅洛（Breno Mello，1931-2008），巴西足球員與演員，在《黑色奧菲斯》的表現被稱為是梅洛演藝生涯最成功的角色。

「嗯。」

「那好，去幾次都沒問題。——之所以這樣說，是因為我只要看到那張臉，就會想起我以前喜歡的雷歐・艾斯皮諾薩。」

「怎麼又是一個怪名字。」

「艾斯皮諾薩是曾參加蠅量級世界拳王頭銜賽的菲律賓拳擊手。同樣是黑人，雖然沒有布雷諾那麼帥，但是二人氣質有點相似。擠眼時的感覺尤其像。艾斯皮諾薩現在還活著，但是已經沒有以前那麼帥了。以前是真的很棒。布雷諾讓我想起了他。」

「拳擊我只看過一次。」

這時老伴和護士小姐來通知我做復健的時間到了，颯子更加故意地誇張敘述。

「艾斯皮諾薩是宿霧島的黑人，擅長左直拳。左臂筆直伸出，打到敵人後立刻縮手。那種咻咻伸縮手臂的速度快如閃電。咻咻咻的，真的很美。他在攻擊時習慣嘴裡喊著咻咻。對方的直拳揮過來時，一般人的反應是上半身左右閃躲，但艾斯皮諾薩會把上半身直接向後仰。他的身體給人的感覺異樣柔軟。」

「我懂了，妳欣賞春久，就是因為他膚色黝黑像黑人吧。」

「春久先生的胸毛濃密，但黑人的毛髮稀少，所以全身流汗時，肌肉光滑發亮非常有魅力。我改天一定要帶老爺子去看一次拳擊。」

「拳擊手之中少有帥哥吧？」

「多半鼻子都被揍扁了。」

「和摔角比起來哪個好？」

「摔角多半是表演，雖然動不動就搞得血淋淋的，卻缺乏認真決鬥的味道。」

「拳擊也一樣會流血吧？」

「對，那當然。有時打到嘴巴會弄得鮮血淋漓，連牙套都斷成三截飛出去。但那不是像摔角那樣故意套招，所以不會流那麼多血。多半是所謂的 heading，用頭去撞對方的臉部某處造成出血。還有眼瞼破裂時也會。」

「少奶奶喜歡去看那種東西？」

佐佐木這時插嘴說。老伴從剛才就目瞪口呆乾站著。看起來隨時準備逃走。

「不只是我，很多女人都去看喔。」

「如果是我肯定會嚇得暈倒。」

「看到血多少會有點興奮。那更令人愉快。」

他們聊到一半我的左手就開始感到劇痛。而且疼痛的同時還有種絕妙的快感。看著颯子惡意的臉孔，疼痛越發劇烈，也越發爽快。……

2

十七日。昨晚盂蘭盆會的送火儀式結束不久颯子就出門了。她說要搭乘深夜的急行列車去京都參觀祇園祭。這麼熱的天氣出門很辛苦，但她說春久要拍攝祭典昨天就已經先去了。電視台的工作人員住京都飯店，颯子住南禪寺，預定二十日星期三回來。她和五子不可能和平共處，所以八成只會住一下吧……

「你甚麼時候去輕井澤？等孩子們來了會很吵，所以最好早點去。」老伴說。

「二十日據說是土用[13]呢。」

「今年該怎麼辦呢——像去年那樣待太久也很無聊。其實我二十五日跟颯子有約。我們要去後樂園拳擊場看全日本蠅量級拳擊冠軍賽。」

「也不看看你多大年紀了，去那麼危險的地方但願不會受傷就好。」

二十三日。……寫日記這種行為，是因為對寫作本身有興趣才會寫。不是為了寫給任何人看。如今我的視力衰退得厲害，也不能好好看書，又沒有其他休閒娛樂，才會起意寫日記來打發時間。為了便於閱讀，我是用毛筆寫的大字。我不想給旁人看，所以放在手提保險箱中。保險箱已經累積了五個之多。雖然覺得遲早還是燒毀比較好，但是留下來也不壞。有時我會取出以前的日記翻閱，驚訝自己現在的記性太差。一年前的事情就像剛發生的事一樣，讓我看得津津有味不知罷休。

13 土用，立春、立夏、立秋、立冬的十八天前。立秋前的夏季土用為七月二十日。

去年夏天去輕井澤時，趁機翻修了家中的臥室、浴室和廁所。就算記性變得再差，這件事也印象深刻。但我翻閱去年的日記，發現此事並未詳細記載。今天有必要針對此事稍作詳細記錄，因此在此再次記述。

到去年夏天為止，我們夫妻都是並排在同一間和室打地鋪，但去年和室鋪上木頭地板放了二張床。一張是我睡，另一張給護士小姐佐佐木睡。老伴早在那之前就不時單獨睡在起居室，換成西式床鋪後更是乾脆與我分房了。我習慣早睡早起，老伴卻是早上爬不起來的夜貓子。我可以接受西式馬桶，老伴卻說不是日式廁所上不出來。除此之外也顧慮到醫師及護士的工作方便才如此決定。於是在臥室右側加裝我們老倆口專用的廁所，改成我專用的坐式馬桶，把分隔臥室與廁所的牆壁打掉，這樣不用去外面走廊就能上廁所，可以來去自如。臥室左側是浴室。這也是去年經過大改造而成，從水槽乃至其他一切通通貼上磁磚，並且附淋浴設備。這是特地根據颯子要求做的。而且浴室與臥室之間也是通行無阻，因應必要，也可從浴室內側關起來。

附帶一提，廁所右邊是我的書房（其間也是通行無阻），再右邊是護士小姐的房間。護士小姐只有夜間睡我隔壁那張床，白天通常都在她自己的房間。老伴不分晝夜都窩在走廊拐彎的起居室，幾乎整天都在看電視聽廣播。沒事不會出來。淨吉夫妻和經助的臥室與起居室在二樓。另外還有一間附帶寢室的客房。小夫妻的起居室似乎裝潢得相當豪華，但樓梯中段呈螺旋狀，行動不便的我很少上樓。

改裝浴室時，還發生過小爭執。老伴堅稱浴缸一定要用木頭的，磁磚容易冷，冬天用起來太冷了。但貼磁磚是採納颯子的意見（我瞞著老伴沒告訴她這是颯子的意思）。然而此舉顯然失策——不，最後還算是成功吧——因為鋪磁磚後，地上有水時會很滑，對老人非常危險。老伴就曾在沖洗區狠狠摔一跤。我也曾坐在浴缸中伸直雙腿，猛然想起身時用手去扶浴缸邊緣，結果手一滑爬不起來。我的左手不中用，這種時候真的很不方便。沖洗區鋪了木板，但浴缸不可能也鋪上木板。

不料昨晚發生了這樣的事件。

佐佐木護士有小孩，每個月為了看小孩，會去照顧小孩的親戚家過夜一兩次。

她通常是傍晚出門，在那邊住一晚，隔天上午回來。佐佐木不在的晚上，老伴就會睡佐佐木那張床。我習慣十點就寢，睡前洗澡，洗完澡立刻進臥室。但老伴摔過一跤後就無法再協助我洗澡，改由颯子或女傭接手，但她們不像佐佐木那麼俐落又親切。颯子事前準備時倒是很勤快，可我洗澡時她只是站在遠處旁觀，很少動手幫我。頂多拿海綿幫我搓搓背。等我洗完澡出來，就從後面拿毛巾替我擦乾，灑嬰兒爽身粉，替我開電扇，但她決不會繞到我面前。也不知那是出於女人的矜持，還是覺得我這糟老頭太噁心。最後替我穿上浴袍，再把我推進臥室，她自己就去走廊了。彷彿想強調，之後是老太太的差事，與她無關。我心裡其實期望她偶爾也能幫我做點臥室裡的事，但或許是因為老伴已經在等著，颯子的態度更加冷漠。

老伴其實也不喜歡睡別人的床。她把床單和被套全都換過，滿臉嫌棄地躺下。她年紀大了之後變得頻尿，但她說用西式馬桶上不出來，半夜還得繞遠路去日式廁所兩三次。導致她抱怨整晚都無法安穩睡覺。我不免開始暗自期待，將來佐佐木小姐不在時或許能夠由颯子接替值夜。

今天湊巧就變成這樣，傍晚六點，佐佐木小姐說今晚要請假，就去看孩子了。不料吃過晚餐後，老伴突然身體不適躺在起居室。陪我入浴和睡覺的工作自然落到颯子頭上。擔任洗澡助手時，她穿著藍色綴有艾菲爾鐵塔圖案的馬球衫，及膝緊身褲，展現完美的幹勁。不知是否我多心，總覺得她比往常替我沖洗得更仔細。不時還用手碰觸我的脖頸周圍或肩膀、手臂。把我送進臥室後，

「我馬上過來，請稍等一下。我也要去沖個澡。」

她說著，自己轉身回浴室。我一個人在臥室等了三十分鐘左右。我異樣忐忑不安，坐在床上。這時，她終於現身房門口，只見她已換上粉鮭色泡泡紗睡袍，腳上穿的似乎是中國製刺繡牡丹花色的緞面室內拖鞋。

「讓您久等了。」

她走進來的同時，走廊的房門開啟，女傭阿靜扛著折疊式藤椅進來。

「老爺子，您還不睡覺嗎？」

「現在正要睡。妳叫人搬來那種東西做甚麼？」

老伴不在場時，我有時喊颯子「喂」有時喊「妳」。多半是有意識地喊「妳」。我自稱則用「老爺」或「我」，但二人獨處時會很自然地用「我」。颯子也是，二人獨處時她說話變得特別隨意不羈。因為她很清楚那樣反而會讓我更高興。

「老爺子睡得早，但我暫時還不睡，所以坐在這裡看看書。」

她把藤椅拉開變成長椅，躺在上面翻開帶來的書。好像是甚麼法語教科書。她把檯燈加上燈罩，以免燈光照到我。她也嫌棄佐佐木的床，大概打算直接睡長椅。見她躺下，於是我也躺下。我的臥室冷氣開得很小，以免造成手痛。這幾天特別悶熱，濕氣很重，因此醫師和護士小姐都說還是開冷氣讓空氣乾燥比較好。我一邊裝睡，一邊偷看颯子睡袍底下露出的中國繡花鞋嬌小的鞋尖。日本人少有如此纖細秀氣的腳。

「老爺子，您還沒睡吧，都沒聽到您的鼾聲。佐佐木小姐說過，您只要一睡著立刻會打呼。」

「今天不知怎麼搞的就是睡不著。」

「該不會是因為我在這裡吧？」

見我不回答，她噗哧一笑。

「太興奮對身體不好喔。」

她又說。

「不能讓您興奮過度，還是餵您吃一顆安眠藥吧？」

這是颯子第一次用這種賣弄風騷的語氣對我說話。因此讓我感到亢奮。

「用不著吃那個。」

「沒事，我餵您吃。」

她出去拿藥之際，我又想到一個找樂子的主意。

「來，乖乖吃藥，吃二顆應該剛好吧。」

她左手拿著小碟，右手從藥瓶倒出二顆藥到碟子上，接著又去浴室拿杯子裝水過來。

「來，嘴巴張開。我餵您吃總行了吧。」

「不要放在碟子上，妳親手放到我嘴裡好不好？」

「那我先去洗手。」

她又去了一趟浴室。

「水會灑出來喔，乾脆用嘴巴餵我吧？」

「不行，不行，不可以得寸進尺。」

她迅速把二顆藥扔進我嘴中，靈巧地給我灌水。我本來想假裝藥效發作睡著了，但不知不覺真的沉睡過去。

二十四日。半夜二點和四點去上廁所。颯子果然在藤椅上睡著了。法文書掉在地上，檯燈已經關了。我也因為吃了安眠藥，勉強只記得去過二次廁所。早上一如往常在六點醒來。

「這麼早就醒了？」

我以為愛賴床的她理所當然還在睡，沒想到我身子一動她就立刻彈起上半身。

「怎麼，妳早就醒了啊？」

「我昨晚才是睡不著呢。」

我把百葉窗拉起來，她似乎不想被我看見剛起床的臉孔，慌忙逃進浴室中。……

下午二點左右，我從書房回到臥室午睡約一小時，還有點神智恍惚地躺在被窩中睜開眼時，浴室的門忽然打開一半，探出颯子的腦袋。除了腦袋看不見其他部分。帶著塑膠浴帽的腦袋溼答答的。還可聽見蓮蓬頭的水聲。

「今早真不好意思。我正在洗澡，想到這正是老爺子午睡的時間，所以稍微看一下。」

「今天是星期天吧，淨吉不在家嗎？」

她對此避而不答，說起另一件事。

「我就算淋浴的時候，也從來不鎖這扇門喔。我每次都把門開著。」

是因為我固定在晚間九點過後洗澡，所以她才這麼說？還是因為信任我才這麼說？或是在暗示我想看的話儘管進去，她會大方讓我看？又或者是完全沒把我這個痴呆的糟老頭子當一回事？我不明白她為何要特地那樣聲明。

「淨吉今天在家喔，他說今晚要在院子烤肉正在忙呢。」

「有誰要來嗎？」

「春久先生和甘利先生，辻堂那邊好像也有人會來。」

陸子自從上次被我拒絕後應該暫時不會出現。八成只有孩子們過來。

……

……

二十五日。昨晚很慘。露天烤肉會在傍晚六點半左右開始，看起來很熱鬧，讓我也忍不住想加入年輕人之中。老伴頻頻阻止我，她說入夜之後坐在草地上會著涼所以萬萬不可。

「老爺子，過來坐一下嘛。」

這時颯子開口邀請。我對他們狼吞虎嚥的羊肉啦雞翅甚麼的毫無興趣，並不打算吃那種東西。事實上，我主要是想觀察一下春久和颯子是怎麼相處的，但我加入大家三、四十分鐘後，逐漸察覺從腿部到腰部周圍開始發冷。由於被老伴再三提醒，反而讓我變得很神經質，格外在意。大概是聽老伴說起，最後連佐佐木都憂心忡忡地來院子提醒我。如此一來，我的拗脾氣又發作了，硬是不肯立刻站起來。但我感覺身上發冷的情況越來越嚴重。老伴很了解這種時候該怎麼處理，絕對不會執拗地繼續跟我唱反調。佐佐木非常擔心，所以我又堅持撐了三十分鐘後終於起身回房間了。

但事情並未就此結束。到了凌晨二點，我的尿道非常癢，於是醒來了。我急奔廁所，排尿後一看，尿液白濁如牛奶。回到床上過了十五分鐘又有尿意。而且也一直很癢。這樣往返廁所多達四、五次，佐佐木建議我吃四顆新諾明[14]，再用湯婆子

14 一種抗生素，用途是治療因細菌引起的感染，例如：泌尿系統感染、呼吸道感染等。

熱敷尿道，總算不癢了。

我從幾年前就有前列腺（在我青年時代罹患花柳病時是稱為攝護腺）肥大症，經常會尿不乾淨，或者尿不出來，有兩三次還得用輸尿管導尿。據說老年人經常出現閉尿的現象，但我平時尿一次就得花不少時間，碰上像劇場廁所那種大排長龍的時候真的很尷尬。也有人建議我說，前列腺肥大的毛病到七十五、六歲之前都可以開刀解決，因此不如鼓起勇氣接受手術，開完刀後的快感簡直難以言喻，會像年輕時那樣尿起來嘩啦啦響噴出老遠，彷彿重回青春時代。但也有人說，那種手術既困難又不舒服還是別輕易嘗試的好。我就這麼猶豫不決拖到年紀過大，如今要開刀也為時已晚。不過幸好有段時間狀況頗有起色，但昨晚著涼後恐怕又會舊病復發，護士建議我暫時最好格外小心，新諾明如果持續服用太多會有副作用產生，因此一次四顆一天三次，不可持續服用超過三天，每天早上都得檢查尿液，如果有雜菌，就得服用熊果素。

所以，今天後樂園的拳王頭銜賽我也只好放棄觀賞。尿道的毛病雖然今早基本上已好轉，若要出門也不是不可以，但佐佐木堅決反對，說我絕對不能在晚間外出。

「老爺子真可憐，那我要走了，等我看完再說給您聽。」

颯子撂下這句話就匆匆出門了。

我只好安靜地接受鈴木醫師的針灸。從二點半到四點半，時間頗長很痛苦，不過中間有休息二十分鐘。

學校放假了，因此經助預定近日和辻堂那邊的孩子們一起去輕井澤玩。老伴和陸子也會同行。颯子說她下個月才去，經助就先麻煩婆婆和大姑照顧了。淨吉下個月也會休十天的假去輕井澤會合。辻堂的千六到時候應該也能去。春久忙著電視台的工作，美術設計白天似乎很閒，但據說每晚時間都被綁得很死無暇抽身。

……

二十六日。最近我的每日行程如下。早上六點左右起床。先去上廁所。小便時取最初的幾滴裝入消毒過的試管。接著用硼砂液洗眼。再用小蘇打水仔細漱口，清潔口腔及咽喉。之後用含葉綠素的高露潔清洗牙齦。戴假牙。在院子散步約三十分鐘。躺臥滑車做頸部牽引。這個現在已延長為三十分鐘。接著吃早餐。唯有早餐在臥室吃。包括牛奶一杯，乳酪與吐司一片，蔬菜汁一杯，水果一個，紅茶一杯。同時吃一顆合利他命。之後去書房看報紙，寫日記，如果還有時間就看看書，但上午多半都在寫日記，有時甚至連下午和晚上都在寫。上午十點佐佐木會來書房替我量血壓。三天注射一次維他命五〇毫升。中午在餐廳吃午餐，通常是一碗素麵一個水果而已。下午一點至二點回臥室睡午覺。每週一、三、五這三天下午二點半至四點半接受鈴木氏的針灸治療。五點做三十分鐘頸部牽引。六點去院子散步。早晚散步皆有佐佐木陪同，也有時是颯子陪同。六點半晚餐。吃一小碗飯，據說菜色最好盡量多樣化，所以每天都會更換菜色品項豐富。老年人和年輕人的喜好不同，所以一家人的菜色也各有不同。用餐時間也往往不一致。餐後去書房聽廣播。為了保護眼睛，晚間不看書，也幾乎不看電視。

前天是二十四日星期天，中午過後颯子不經意說出的一句話令我難忘。那天下午二點左右，我在臥室午睡醒來，迷迷糊糊躺在被窩中睜開眼時，颯子突然從浴室門口探頭出來對我說：

「我淋浴的時候不會關上這扇門。這裡向來是開關自如。」

不知是故意還是偶然，從她口中說出的這句話令我異樣在意。那天晚上烤肉，昨天我生病臥床靜養，但期間那句話一直在我腦海縈繞不去。今天下午，二點午睡醒來後我去書房待了一會，但三點又再次回到臥室。我知道颯子最近如果在家，通常都是這個時間淋浴。我試著悄悄推了浴室門。門果然沒鎖。可以聽見淋浴聲。

「您有事？」

我其實只是輕輕碰了一下門，甚至看不出門動了沒有，不過她似乎已敏銳察覺。我當下很狼狽。但下一瞬間乾脆心一橫豁出去。

「因為妳說從來不鎖門，所以我試試看到底是真是假。」

我說著朝浴室探頭。只見正在淋浴的她全身都被白底綠色粗直條的浴簾遮住。

「現在知道我沒說謊了？」
「知道了。」
「那您還楞在那兒做甚麼。快進來呀。」
「我可以進去？」
「您想進來吧？」
「我其實沒甚麼事啦。」
「瞧您，興奮過度會滑倒喔，冷靜點，冷靜點。」
此刻防滑木板被掀起，鋪磁磚的地板被她淋浴的水弄得濕漉漉。我小心翼翼走進去，反手把門鎖上。從浴簾的縫隙不時可窺見她的肩膀膝蓋和腳尖。
「那我替您找點事情做吧。」
這時水聲停止。她背對我將上半身的一部分露在浴簾外。
「麻煩您拿那邊的毛巾替我擦背。水一直從頭上滴下。」
她摘下浴帽時也有兩三滴落到我身上。

「別那麼畏畏縮縮的，手上再多用點力氣。啊，老爺子左手不管用是吧，那就用右手使勁替我搓背。」

我情急之下隔著毛巾抓住她的雙肩。然後把嘴唇貼在她右側肩肉隆起處伸舌吸吮，左頰冷不防被狠狠甩了一耳光。

「老爺子年紀一大把還這麼不知羞。」

「我以為妳至少會容許我這麼做。」

「絕對不准那樣做，否則我要向淨吉告狀。」

「抱歉抱歉。」

「出去！」

她說完，又匆匆補上一句，

「不要慌，不要慌。萬一滑倒就糟了，慢慢走。」

我走到門口時，感到柔嫩的指尖輕推我的背部。我在臥室床鋪坐下喘口氣。她隨即自後方出現。她已換上那件泡泡紗睡袍。睡袍下可以窺見牡丹繡花鞋。

「對不起喔，我不該打您。」
「不，沒甚麼。」
「痛嗎？」
「不痛，只是有點吃驚。」
「我就是有這個搧男人耳光的習慣，所以，不由自主就出手了。」
「我想也是，妳一定對很多男人使過這一招吧？」
「可是打老爺子太冒犯了。」
⋯⋯⋯⋯
二十八日。⋯⋯⋯⋯⋯⋯
⋯⋯⋯⋯
昨天要針灸沒時間。今天下午三點，我又把耳朵貼在浴室門上。門沒鎖。可以
聽見淋浴聲。

「進來吧，我在等您。前天真不好意思。」

「我就知道必然會這樣。」

「果然薑是老的辣。」

「前天被打了一巴掌，所以我可以要點賠償吧。」

「別開玩笑了，您得發誓絕對不會再那麼做。」

「只不過是親一下脖子，就算答應我也不會少塊肉。」

「我脖子很敏感。」

「不然我該吻哪裡？」

「哪裡都不行。感覺好像被蛞蝓舔過，害我整天都渾身不舒服。」

「如果是春久吻妳呢？」

我用力憋住聲音後才問道。

「我真的會揍人喔。上次我可是手下留情了。」

「用不著客氣沒關係。」

「我的手掌很有彈性喔，如果我真的用力，會讓您痛得連眼珠子都蹦出來。」

「那我求之不得。」

「真是難纏的不良老人，老不修！」

「我再問一次，脖子不行的話那該親吻哪裡？」

「膝蓋以下可以讓您親一次，就一次喔。——而且不能用舌頭碰，只能用嘴唇。」

她的膝蓋以上直到臉部都被掩蓋，只從浴簾的縫隙露出小腿與腳尖。

「這樣好像婦科醫生做內診。」

「討厭。」

「叫我不用舌頭來接吻，這也太強人所難了。」

「本來就不是接吻，只不過是嘴唇碰一下而已。對老爺子而言這樣就足夠了。」

「至少在這麼做的時候，妳就不能先停止淋浴嗎？」

「那可不行，被碰過之後我得立刻沖洗乾淨，否則會很不舒服。」
我只覺得自己在被迫喝洗澡水。
「這麼一說倒讓我想起春久先生，他有事想拜託您。」
「甚麼事？」
「春久先生最近因為天氣熱很困擾，他想偶爾借用我們家的浴室沖涼，叫我替他問問，可不可以讓他來。」
「電視台沒有淋浴間嗎？」
「有是有啦，但來賓的淋浴間和其他工作人員的洗澡間是分開的，裡面很髒，讓人不想進去，所以他只好去銀座的東京溫泉洗澡，他說如果能借用咱們家，離電視台也近，會方便很多。所以叫我來徵詢您的意思。」
「那種小事妳自己決定就好，用不著一一問我。」
「其實之前他已經偷偷來洗過一次了，但是他說擅自借用浴室終究不妥。」
「我無所謂，如果要徵詢意見妳應該去問老太太。」

「老爺子去問吧，我不敢問婆婆。」

雖說如此，但颯子心裡對我的顧忌其實遠甚於對老太太。是因為對方是春久，她才覺得必須特地向我請示。……

………

二十九日。……下午二點半開始針灸。我仰臥在床上，盲人鈴木坐在旁邊的椅子上開始替我治療。從包裡取出針盒用酒精消毒的精細作業全部由鈴木自己一手包辦，但總有一個徒弟隨侍一旁在後方待命。到今天為止，手部發冷和指尖發麻的症狀依然沒有起色。

治療了二、三十分鐘時，春久突然從走廊的房門進來。

「伯父，恕我冒昧打擾一下。很抱歉打擾您治療，日前我托小颯懇求您徵得同意，真的很謝謝您。所以我今天就立刻來府上了，我想當面向您道謝。」

「這點小事，用不著一一報告。你隨時都可以來。」

「謝謝，那我就恭敬不如從命，今後會常常來打擾，但當然不會天天來——最近伯父的氣色看起來非常好。」

「哪裡，漸漸老糊塗了，每天都被颯子罵。」

「不，您是老當益壯，小颯也很佩服呢。」

「沒那回事，今天也如你所見必須接受針灸治療，才能勉強保住老命。」

「怎麼可能。伯父今後還要長命百歲呢。——哎，我在這打擾您太久了，我現在去給伯母請個安就趕緊回去了。」

「這麼熱的天辛苦你了，多坐一會再走。」

「謝謝伯父，我也不能待太久。」

春久離開之後過了一會，阿靜拿托盤送來二人份的茶水和點心。休息時間到了。今天送來的是卡士達布丁和冰紅茶。

休息時間過後繼續治療，四點半結束。

接受治療期間，我一直在想別的事情。

春久懇求來家裡借用浴室，恐怕沒有表面上那麼簡單，他該不會另有企圖吧？說不定是颯子唆使他這麼做。今天他不是也故意趁我在治療的時候來打招呼嗎？他大概是想，這樣就不會被我這個老頭子絆住無法脫身了。我記得春久說過他晚間雖然忙碌，白天卻可自由利用時間。如此說來，他刻意選在下午至傍晚之間來淋浴，八成和颯子洗澡的時間差不多。換言之，他來的時候我不是在書房，就是在臥室接受治療。他在浴室時，那扇門應該不至於就那樣敞開，屆時應該會把門關好鎖上吧。颯子會不會後悔自己養成了壞習慣呢？

還有一點也令我耿耿於懷。大後天八月一日，老伴、經助，還有辻堂的陸子帶著三個孩子，再加上女傭阿節，七人將要啟程去輕井澤。淨吉說他二日要去關西地區出差，六日回東京，接著七日星期天去輕井澤，預計待上十天。如此一來，想必方便為颯子偷情製造種種機會。說到颯子，她說下個月會不時去輕井澤住個兩三天，佐佐木小姐和阿靜雖然待在東京，但她聲稱不放心留我一個人在家，況且輕井澤游泳池的水溫太低不能游泳也很無趣，所以偶爾去一下還好，待太久可不行，她的結論是她還是更喜歡去海邊。聽到她這番話，我也不得不做好設法留下的打算。

「那我先過去了，老爺子甚麼時候去？」老伴問。

「看看吧，我也不確定，好不容易開始針灸，我想再持續一陣子以觀後效。」

「可是你不是說一點效果都沒有嗎？至少天氣炎熱的時候暫停一陣子吧？」

「不，最近我感覺好像多少有點效果出現了。我才開始接受治療不到一個月，現在就中止太可惜了。」

「那麼，今年你不打算過去了？」

「也不是，我遲早會去。」

我就這樣勉強熬過了老伴的盤問。

3

五日。……

二點半鈴木抵達。立刻開始治療。三點多休息。阿靜送茶點來。今天是摩卡冰淇淋和冰紅茶。阿靜要離開房間時，我隨口問道：

「今天春久沒來嗎？」

「來是來了，但是好像已經走了。」

阿靜有點含糊地回答後退下。

盲人吃東西很費時。他的徒弟一匙一匙慢慢將冰淇淋餵他吃。期間不時再喝上一口紅茶。

「我先失陪一下。」

我說著，下床走到浴室門前，旋轉握把。門鎖住了文風不動。為求保險，我走進廁所假裝要解手，從廁所溜到外走廊，再從走廊試開浴室的門。開了。浴室裡空無一人。但是脫衣籃裡扔著春久的開襟襯衫與長褲、襪子。我打開淋浴間的玻璃門。淋浴間空空如也。我甚至檢查了浴簾內，果然沒看到任何人。不過沖洗區的磁磚及周遭牆壁還噴濺著大量水珠濕淋淋的。阿靜這傢伙，八成是不知如何回答所以說謊搪塞，但人究竟去哪了？颯子又在何處？我正要去餐廳的吧台那邊找人時，只見阿靜用托盤盛著瓶裝可口可樂和二個玻璃杯，正要從餐廳的走廊那頭走樓梯上二樓，當下和我撞個正著。

阿靜頓時臉色慘白，呆站在樓梯口。捧托盤的手簌簌顫抖。我也心跳加快。這種時間徘徊在外走廊的我顯然也很怪異。

「春久還在吧？」

我盡量裝得泰然自若，輕描淡寫說。

「是，我本來以為已經回去了……」

「噢，這樣。」

「結果還在二樓乘涼……」

二個杯子和二瓶可口可樂。二人正在二樓「乘涼」。衣服既然扔在脫衣籃內，他淋浴後想必換上了浴衣。就連淋浴搞不好也不是他一個人獨自淋浴。二樓有給客人過夜的房間，不知他們在哪裡乘涼。這種場合，借他一件浴衣倒是無所謂，但樓下無論是客廳或會客室、起居室，由於此刻老伴不在，全都空著沒人用，犯不著特地上二樓。換言之，他們八成是認定，下午二點半至四點半之間我在接受治療不可能離開臥室。

我抬頭望著阿靜拾級而上，立刻轉身回臥室。

「啊，不好意思讓你久等了。」

我說著，又在床鋪躺下。我出去不到十分鐘。盲人正好終於吃完了冰淇淋。我們重新開始針灸。接下來的四、五十分鐘，我必須把身體交給鈴木。四點半鈴木離去，我回書房。本來春久趁這段時間悄悄下樓離去就沒事了，可惜他們的算計出了差錯。我意外現身走廊，不巧與阿靜遇個正著。但，如果我和阿靜沒有遇上，他們大概也不會察覺已被我發現，如此說來，阿靜與我遇個正著，還算是運氣好的。如果更惡意地猜想，或許颯子知道我起了疑心，老早就猜到我有可能趁治療的空檔跑到走廊上窺探。於是她故意給我這種機會，吩咐阿靜送飲料，刻意讓阿靜和我撞個正著。或許她認為，還是讓我這老頭子先知道真相對她更省事，所以不如早點挑明說服我接受比較有利。

「沒事，用不著那麼緊張，放心大膽地離開吧。」

我彷彿可以聽見颯子對他這麼說。

四點半到五點休息。五點至五點半做復健。五點半到六點再次休息。期間，想必在我做完治療之前，二樓的客人就已走了。颯子不知是否也一起走了，抑或畢竟有點尷尬所以獨自躲在二樓，總之始終不見她現身。今天午餐之後就再沒見到她的人影。（從二日起，我終於可以和她面對面單獨用餐）。六點佐佐木來催我去院子散步。我正準備從簷廊走下院子時，

「佐佐木小姐，今天妳去休息吧，我來陪老爺子就好。」

颯子忽然不知從哪冒出來說。

「春久是甚麼時候走的？」

我在涼亭立刻提起此事。

「那之後沒多久就走了。」

「『那之後』是甚麼意思？」
「就是喝完可樂沒多久。雖然我勸他說反正已經被看見了，匆匆離開反而更可疑。」
「沒想到他膽子那麼小。」
「他一直說伯父肯定誤會了，拼命叫我替他向您解釋。」
「那件事就不提了。」
「誤會就誤會有甚麼大不了的，只不過是因為二樓比樓下更通風更舒服，所以才去二樓一起喝可樂罷了。老一輩的人這種時候總是立刻想歪，如果換做是淨吉一定能理解。」
「算了，那種小事不提也罷。不管真相是甚麼都無所謂。」
「怎麼會無所謂。」
「看來我得先聲明一下，妳是不是對我有誤解？」
「怎麼說？」

「假設妳——這只是假設喔——真的和春久有甚麼曖昧，我也不打算追究……」

颯子面露訝異沉默不語。

「那種事我不會告訴老太太也不會告訴淨吉。我只會自己藏在心底。」

「難道老爺子的意思是鼓勵我紅杏出牆？」

「或許是吧。」

「那也太瘋狂了。」

「或許吧。像妳這樣的聰明人，難道現在才發現嗎？」

「不過，您是基於甚麼心態有這種想法的？」

「我自己已無法再享受戀愛冒險，所以藉此發洩，至少讓別人去冒險，我樂得當個觀眾。人活到這個地步也很可悲哪。」

「自己已不抱希望，所以就變得自暴自棄吧。」

「也有吃醋的成分吧，妳要可憐可憐我。」

「說得好聽。可憐您是可以啦，但我可不想犧牲自己讓老爺子看笑話找樂子。」

「這談不上甚麼犧牲吧，在取悅我的同時，妳自己不也享受到了？比起我的樂子，妳得到的樂趣應該遠遠更大吧。我真的很可憐啊。」

「您說話最好小心點，免得又挨耳光。」

「別打馬虎眼。不過，妳應該也不是非春久不可吧，隨便是甘利或誰都行。」

「我就知道來涼亭一定會講這種事，還是去散散步吧，不只可以活動雙腳，也可以醒醒腦。您瞧，佐佐木小姐正從簷廊看我們呢。」

小路的寬度足夠我倆並肩同行。胡枝子從兩側伸出，不太好走。

「枝葉太茂密了小心會絆倒喔，您抓著我吧。」

「還是妳挽著我的手比較好。」

「那我愛莫能助，因為老爺子太矮了。」

她本來並肩走在我左邊，突然繞到右邊。

「把您的手杖給我。右手抓住這裡。」

她說著把左肩借給我。自己接過手杖，用來拂開左右兩側肆意伸展的胡枝子。……

六日。……繼續昨天的內容。

「淨吉到底把妳當成甚麼？」

「這話該我問才對。老爺子覺得呢？」

「我也不清楚，我盡量不去思考淨吉的事。」

「我也是，就算問他，他也只會嫌我煩，根本不會告訴我真話。不過簡而言之就是他現在不愛我了。」

「如果妳有外遇，他會做何反應？」

「他說有就有了那也沒辦法，請不用客氣儘管去。——雖然聽起來像在開玩笑，但他其實意外認真喔。」

「任誰聽到老婆這麼說，都會忍不住嘴硬吧。」

「他好像也另有喜歡的人喔，那女人擁有和我一樣的過去，好像是那裡的酒家女。我說只要他肯讓我見經助，就算離婚我也沒意見，但他說不打算跟我離婚，否則經助太可憐，重點是如果我走了，他怕老爺子會哭，那樣太可憐了。」

「他也太瞧不起我了。」

「別看他那樣，其實對老爺子的大小事情瞭如指掌喔，我可甚麼也沒說。」

「不愧是我的孝順兒子。」

「他這種孝順方法還真是別出心裁。」

「他其實是對妳餘情未了，所以拿老爹當藉口啦。」

老實說，對於我的長子兼卯木家繼承人的淨吉，我幾乎毫無所知。世上對寶貝兒子如此不了解的父親恐怕不多。我知道他自東大經濟學部畢業後，進入太平洋塑膠工業股份有限公司上班。但他實際上從事甚麼工作我並不清楚。據說是從三井化學買來樹脂原料製造相機底片、聚乙烯薄膜、聚乙烯成型品、塑膠桶、美乃滋包裝瓶這類產品的公司。工廠位於川崎附近，總公司在日本橋，他就在那邊的營業部上班。據說近日將會升任經理，但他現在的薪水和年終獎金有多少，我一無所知。他雖是家產繼承人，眼下這個家的主人還是我。雖然他似乎負擔了家中部分經濟開銷，但大部分依然是靠我的不動產所得的股利支撐。每個月的家計直到數年前還是老伴處理，但不知幾時已移交給颯子。老伴說，別看颯子那樣其實算帳相當精細，對於來我家請款的商人開立的帳單也從不馬虎。有時還會去廚房開冰箱檢查，所以女傭們聽到少奶奶就會發抖。喜歡新鮮事物的颯子去年在廚房裝了一台廚餘處理機，我就曾看過女傭阿節把依照她的說法「還可以吃」的地瓜扔進廚餘機，結果被她臭罵一頓。

「爛掉的地瓜還可以拿去餵狗嘛，你們只顧著好玩甚麼都想扔進去試試吧，早知道我就不買那台機器了。」颯子語氣後悔地說。

她為了盡量節省家庭開銷而苛待女傭，剩下的錢好像全都塞進自己荷包了，老伴說，颯子逼大家省吃儉用，她自己私底下卻不知過得多麼奢侈。雖然有時會叫阿靜打算盤，但多半都是颯子親力親為。繳稅交給稅務士處理，稅務士那邊也是她去打交道。身為少奶奶想必事務相當繁忙，但她甚麼都一手包辦且動作迅速，不知不覺已乾淨俐落地搞定。淨吉想必也是欣賞她這一點。如今她在我們卯木家已占據明確的地位，對淨吉而言，也成了不可或缺的另一半。

老伴當初反對他和颯子結婚時，淨吉說，

「雖然她做過舞女，但她肯定很擅長打理家務，我一眼就看出來她有那種才能。」

不過當時他八成只是隨口瞎掰，並非真有甚麼先見之明。沒想到颯子嫁進我們家後，意外開始發揮這方面的長才。颯子當時恐怕也不知道自己還有這種本事吧。

老實說，我雖答應讓他們結婚，但我以為這段婚姻維持不了多久。我以為淨吉遺傳了我的性子，和年輕時的我一樣，迷戀的時候神魂顛倒，一旦厭倦了就棄若敝屣，但如今看來並沒有那麼簡單。結婚當初淨吉對她非常熱情，但現在的確已沒那麼大興趣。不過，在我看來，比起結婚當時，她現在毋寧更美麗。她嫁來我們家雖已快二十年，歷經歲月洗鍊卻出落得越發美貌。生下經助後好像尤其明顯。如今已感覺不到昔日當舞女的風塵味。不過，和我獨處時她會故意流露昔日的些許風情。和淨吉獨處時，想必早先恩愛情篤時她也是這樣風情萬種吧，但如今似乎已不同。倒是淨吉好像更看重她的理財手腕，或許認為失去她會有所不便吧。當她裝乖巧時，不管怎麼看都具備標準的少奶奶威嚴。言談舉止乾脆俐落，反應靈敏，同時也很有人情味，態度親切討喜，待人和善。就一般人看來肯定如此，所以淨吉內心似也引以為傲。如此說來，自然不可能輕易離婚，就算她真有甚麼不檢點的行為，只要她巧妙地粉飾太平，淨吉說不定也會佯裝不知。……

七日。……淨吉昨晚自關西返家，今早前往輕井澤。……

八日。……下午一點午睡至二點，醒來就躺著等待鈴木氏出診。這時有人輕敲浴室門說，

「我要鎖一下這扇門喔。」

「他要來嗎？」

「對。」

颯子說著，倏然探出頭，隨即砰的一聲用力關上門。雖只是驚鴻一瞥，但她的臉孔異樣冷酷無情。她似乎自己先淋浴過了，浴帽還在滴水。

……

九日。……午睡後，今日不用針灸，但我還是耿耿於懷，於是待在臥室。

「我要鎖門喔。」

伴隨話語，今天也同樣傳來敲門聲。但今天比昨天晚了三十分鐘左右。而且她始終沒露臉。下午三點過後，我悄悄轉動門把試探。門依然鎖著。五點做復健時，聽見春久過來打招呼說：

「伯父，每次都來打擾真不好意思，謝謝您讓我每天有地方洗澡。」

但我沒看到他本人。我很想看看他是用甚麼嘴臉說出那種話。
六點去院子散步時，
「颯子不在嗎？」
我試探著問佐佐木。
「不知道，剛才好像看到車子出去了。」
佐佐木去問了阿靜後回來說，
「少奶奶好像果真出門了。」
……
十日。下午一點至二點午睡。之後又發生和八日同樣的事情經過。
……
十一日。……不用針灸。但今天和九日的狀況不同。

這次她沒說「我要關門喔」，卻傳來「這扇門開著喔」的聲音，難得見她大方露面。接著響起淋浴聲。

「今天他不來嗎？」

「對，您請進。」

我依她所言進去了。她迅速躲進浴簾中。

「今天可以讓您親吻。」

水聲停止。從浴簾後面伸出小腿。

「怎麼，又來內診這一套？」

「對呀，膝蓋以上不許碰。但我不是停止淋浴了嗎。」

「這是當作甚麼酬勞嗎？那未免也太便宜了吧。」

「不願意就算了，我可不會勉強您。」

而且她還補充說，

「今天不只是嘴唇，還可以用舌頭喔。」

我用了和七月二十八日那天同樣的姿勢，以唇吸吮她小腿同樣的位置。用舌頭細細品味。有點類似接吻的味道。就這麼一路從小腿親吻到腳跟。意外的是她甚麼也沒說。竟然任我擺布。舌頭碰到了腳背，甚至是大拇指頂端。我跪在地上捧起她的腳，把大拇指和第二趾第三趾整個塞進嘴裡。最後我以唇碰觸她的腳底心。濕淋淋的腳底充滿蠱惑，浮現臉孔般的表情。

「夠了吧。」

她忽然開始淋浴。她的腳底和我滿頭滿臉都是水。

……

五點，佐佐木來通知我做復健的時間到了，

「咦，您的眼睛好紅。」她驚呼。

這幾年來，我的眼白經常充血，即便是平日正常時也顯得偏紅。如果仔細看瞳孔周遭，會發現角膜下方有幾條異樣的紅色微血管。有眼底出血之虞，因此去做了檢查，但醫生說眼壓並無問題，符合我這個年齡的正常標準。不過，眼睛充血時心

跳急促血壓升高也是事實。佐佐木立刻替我量脈搏，

「脈搏超過九十呢，是不是發生了甚麼事？」

「沒有。」

「我幫您量血壓。」

她不容分說就讓我在書房的沙發躺下。等我靜臥十分鐘後，拿橡皮管綁住我的右臂。我看不見血壓計，但光看佐佐木的臉色就能大致猜到。

「現在會不會覺得不舒服？」

「沒甚麼不舒服，是血壓很高嗎？」

「二百左右。」

她這麼說時通常都是飆到二百以上。肯定在二〇五、二〇六、二一〇，或者二二〇以上。不過之前我也有幾次飆到最高二四五的經驗，這點小事還不至於讓我像醫生那麼震驚。反正也有幾分看開了，就算因為什麼原因猝然死去也是莫可奈何。

「今早量血壓的時候還是收縮壓一四五，舒張壓八三，可以說狀況極佳，怎麼

會突然升到這麼高呢？我怎麼想都覺得不可思議，是不是大便乾硬排便時太用力了？」

「沒有。」

「是不是出了甚麼事呢？我總覺得不可思議。」

佐佐木頻頻納悶不解。我雖未說出口，其實心知肚明。剛才腳底心的觸感還留在唇齒之間，令我想忘都忘不了。颯子的三根腳趾塞滿嘴巴時，想必那一刻的血壓飆到了最高點。只覺臉頰發燙，渾身血液往頭上衝，一瞬間甚至懷疑自己會腦中風而死，的確有種馬上要死掉的感覺。雖然對那樣猝死早有覺悟，但是想到「死亡」畢竟還是有幾分恐懼。然後就拼命告訴自己一定要鎮定，千萬不可興奮過度，但說來奇怪，雖然這麼想，同時卻還在不停吸吮她的腳趾。我就是停不下來。不，是越想停止就越發瘋狂地吸吮。我一邊想著這樣會死、會死，一邊拼命吸吮。恐懼，亢奮，快感，這些情緒輪番湧上心頭。類似狹心症發作的劇痛勒緊我的胸口。……照理說後來已經過了二個多小時了，但血壓似乎還是沒有降下來。

「今天的頸部牽引暫時中止，您還是躺著靜養比較好。」

佐佐木說著硬把我拉回臥室讓我躺下。

……

晚間九點佐佐木又拿著血壓計進來。

「我再給您量一次血壓。」

幸好這次已恢復常態。收縮壓一五〇多，舒張壓八七。

「啊，這下子好了，總算可以真正安心了。剛才飆到二二三／一五〇呢。」

「偶爾也會有這種情形吧。」

「就算只是偶爾一次，這種情形也很危險。不過幸好只是暫時的現象。」

鬆了一口氣的不只是佐佐木。老實說，其實我比佐佐木更慶幸，暗自撫胸頻呼好險。但是同時也感到，如此看來今後這種瘋狂的行為就算多做幾次也沒關係，雖非颯子喜歡的桃色刺激（pinky thriller），但這種程度的冒險犯不著就此停止，就算一不小心死了也無所謂。……

十二日。……下午二點多春久來訪，似乎待了兩三個小時。吃完晚餐颯子立刻外出。據說是要去史卡拉劇院看馬丁・拉薩爾[15]主演的電影《扒手》，再去王子飯店游泳。我想像她穿著露背泳裝露出的雪白肩膀與背部在夜間燈光照耀下的情景。……

十三日。……下午三點左右，今天也經歷了桃色刺激。不過今天眼睛沒充血。血壓似乎也很正常。感覺有點失落。沒有亢奮到眼睛稍微充血且血壓飆到二百以上，好像有點不滿足。

十四日。淨吉獨自在晚間從輕井澤返家，因為明天星期一要上班。

15 馬丁・拉薩爾（Martin LaSalle），法國演員，在名導羅伯特・布列松（Robert Bresson）的《扒手》出道，開啟日後的演藝之路。

十六日。颯子昨日說要去久違的葉山游泳。她聲稱今年夏天忙著照顧我一直無暇去海邊，還是得去曬曬太陽才行。颯子的皮膚像外國人一樣白皙，所以曬過的地方會發紅。頸部至胸部染上V字型大片通紅，只有泳裝遮住的腹部是白色的。今天為了向我炫耀那個，她還特地把我叫進浴室。

……

十七日。今天春久好像也來了。

十八日。……今天也有桃色刺激。但和十一日、十三日稍有不同。今天她穿著高跟涼鞋進來，沒脫鞋就那樣直接淋浴。

「幹嘛穿那種玩意？」

「我去音樂廳看裸體秀，大家都是光身子穿這個出場。對於戀足癖的老爺子來說，這應該很有魅力吧？不時還可窺見腳底。」

那樣的確不錯，但之後發生了以下的事件。

「今天我讓老爺子necking吧。」

「necking 是甚麼東西？」

「連這個都不知道？上次老爺子不是做過嗎？」

「妳是說親吻脖子嗎？」

「對呀，是 petting 的一種喔。」

「petting 又是甚麼？我沒學過那種洋文。」

「老年人就是這麼麻煩，意思就是愛撫全身啦，也有 heavy petting 這個名詞喔，看來我得從現代用語開始教老爺子才行。」

「那妳會讓我親吻這裡囉？」

「機會難得，您可要心懷感激。」

「看來我得三跪九叩了。不知今天吹的是甚麼風，真讓人害怕。」

「有這種覺悟是對的，您最好做好心理準備。」

「那我應該先問問事後要付出的代價才對。」

「總之您 necking 吧。」

結果我還是不敵誘惑。我盡情耗費二十分鐘以上在所謂的 necking。

「我贏了，接下來我提出的要求您可不能說不。」

「妳的要求是甚麼？」

「您可別嚇得腿軟喔。」

「到底是甚麼？」

「我打從之前就一直想要某個東西。」

「到底是甚麼妳說吧。」

「Cat eye。」

「Cat eye？貓眼石嗎？」

「沒錯，而且不能是小顆的，我想要男人戴的那種大顆的。其實我在帝國飯店拱廊的珠寶店已經看上一顆了，我真的很想要那個。」

「多少錢？」

「三百萬圓。」

「妳說甚麼？」

「三百萬圓。」

「別開玩笑了。」

「我沒開玩笑。」

「我一時之間哪來這麼多錢。」

「這我當然知道。但是想想辦法應該湊得出來吧。我已經告訴店家確定會買這個，過兩三天就去取貨。」

「我沒想到親吻脖子得付出這麼昂貴的代價。」

「代價不只限今天喔，今後隨時都可以任您親吻。」

「只不過是吻脖子，如果是真正的接吻多少還有點價值。」

「少來了，剛剛您明明還說要三跪九叩呢。」

「這下子事情麻煩了，萬一被老太太看到怎麼得了。」

「怎麼可能出那種紕漏。」

「不過話說回來妳也太狠了，拜託妳不要欺負老年人喔。」

「您嘴上這麼抱怨，表情明明很開心。」

事實上我好像的確一臉喜色。

……

十九日。氣象預報將有颱風逼近。或也因此導致手部劇痛，兩腳不良於行也更加嚴重。一天服用三次颯子買來的止痛藥得爾辛，每次三顆，好歹稍微減輕了疼痛。這是口服劑所以比注射諾布朗舒服一點。但是類似阿斯匹林的藥物，所以會大量發汗，頗為難受。

下午鈴木氏忽然來電表示，「颱風將至甚為危險，今天針灸暫停一次」。我說沒問題，從臥室來到書房。颯子突然闖入。

「我來拿約定好的東西，待會還要去銀行，順便去飯店。」
「颱風要來了，這種時候還是別出門比較好吧。」
「我想趁您沒反悔之前趕快拿到該拿的東西，盡快把那顆寶石戴在手上。」
「我既然答應妳了就不會反悔。」
「明天是星期六，我怕如果起晚了來不及去銀行，俗話說打鐵趁熱嘛。」

這筆錢我本來另有用途。

原本我們一家打從幾代之前就住在本所下水道一帶，直到父親這一代才遷居日本橋區橫山町一丁目。當時我尚年幼，因此已不記得那是明治幾年的事。到了大正十二年大地震後，又在麻布的狸穴建了現在這個房子搬來。建造這棟房子的是我父親，但父親於大正十四年我四十一歲時過世。過了幾年母親也在昭和三年過世。麻布的房子雖說是新建的，但我記得明治年間政友會[16]的長谷場純孝的宅邸就在這一

16 政友會，立憲政友會的簡稱。日本戰前第一個正式政黨，由伊藤博文於一九〇〇年創立。長谷場純孝是政治家，該會的核心幹部。

帶，因此是把原本就建有的老房子，保留了一部分，將大部分作了改建。父母生前將那老宅當作歸隱之處，深愛此地的閑靜。戰時再次改建，唯有那棟老宅奇蹟地躲過火災，迄今仍保持父母在世時的模樣。可惜已傾頹不堪使用，早已無人居住。我打算把那裡拆除改建為現代建築，當作我們今後的養老別館，但老伴直到今天一直很反對。她認為隨便拆毀父母生前的隱居舊址不太妥當。還說想盡可能長久保存下去。若要那樣說簡直沒完沒了，所以我原本打算近日之內逼老伴同意找工人來拆除舊屋。現在的主屋要容納全家人倒也不至於太狹小，但我若想實行種種企圖略有不便。我想藉著重新建造養老別館的理由，盡可能把我的臥室與書房和老伴的臥室遠遠隔開，在她的臥室旁邊設置她專用的廁所。浴室也藉著「給老太太方便」的理由建造純日本式的木製浴室，而且最好與她的臥室相鄰。至於我的浴室則鋪設專用磁磚，附帶淋浴設備。

「養老的地方蓋二間浴室未免太浪費錢了吧，那樣不好，我在主屋和佐佐木小姐及阿靜一起用那間浴室就行了。」

「妳享受這點小奢侈是應該的，年紀大了也只剩下好好泡澡這點樂趣了。」

我費盡心機讓老伴盡量待在自己房間，最好不要在家中四處走來走去。我本來還想順便改造主屋把雙層樓房改建成平房，但颯子反對此舉，況且錢也不夠。因此迫不得已，打算只建造養老別館。颯子算計的三百萬就是那筆費用的一部分。

「我回來了。」

颯子說著早早歸來。像凱旋將軍一樣意氣昂揚。

「這麼快就回來了？」

她沒回答，默默將掌心上的一顆寶石給我看。的確是漂亮的貓眼石。讓我明白自己對建造養老別館的幻想就這樣化為柔嫩掌心上的一粒石子。

「這有幾克拉？」

我也放到手心上打量。

「十五克拉。」

我的左手患部突然又開始劇痛。我慌忙吞下三顆得爾辛。看到颯子洋洋得意的臉孔，疼痛化為無上喜悅。與其建造甚麼養老別館，還是這樣更好。……

二十日。第十四號颱風逐漸接近，風強雨驟。雖然如此，還是按照之前的計畫一早前往輕井澤。颯子與佐佐木陪我同行。但佐佐木坐的是二等車廂。佐佐木頗為擔心這種天氣，建議延後一天再出發，但我與颯子都不肯。我倆殺氣騰騰，壓根沒把颱風放在心上。這是貓眼石的魔力。……

二十三日。今天本來打算叫颯子陪我回東京，但孩子們也要開學了，所以大家決定提早在明天二十四日返家，老伴叫我延後一天，明天跟他們一起走。與颯子單獨旅行的期待頓時落空。

二十五日。今早又開始拉脖子做復健，但始終不見效果因此決定中止。針灸也打算做到月底就停止。……颯子今晚立刻去了後樂園看拳擊。

九月一日。今天是二百一十日[17]但平安無事。淨吉自今天起預計去福岡出差五天。

三日。果然已有秋意。大雨過後天空放晴。颯子在書房插了高粱與雞冠花，在玄關插上秋季七草。順便也更換書房掛的書畫。是荷風散人[18]的七言絕句。

卜宅麻溪七值秋，
霜餘老樹擁西樓，
笑吾十日間中課，
掃葉鋪書還曬裘。

17 二百一十日，自立春算起的第二百一十天，約為陽曆九月一日。據說這天通常有颱風或颳強風。
18 荷風散人，即小說家永井荷風（1879-1959）。代表作為《墨東綺譚》、《斷腸亭日乘》。

荷風的書法與漢詩雖然不過爾爾，但他寫的小說是我愛不釋手的作品之一。這幅墨寶是以前從某美術商人手裡得來的，但據說有人非常擅長仿造荷風的書法，因此這幅作品是真是假無法確定。荷風在遭到戰火波及前一直住在這附近的市兵衛町那棟外牆塗漆的木造洋房，號稱偏奇館。因此詩中才會說「卜宅麻溪七值秋」。

四日。拂曉，大約清晨五點左右，半夢半醒之際，忽聞某處傳來蟋蟀聲。嗶嗶叫個不停，聲音微弱，但聽來急促不休。已是蟋蟀鳴叫的季節，可是這個房間也聽得見未免奇怪。這房子的庭院偶有蟋蟀鳴叫，但在這臥室床上躺著還聽得見就奇怪了。該不會是蟋蟀從哪鑽進屋子來了吧。

我不期然想起幼年時光。以前住在下水道的房子時，那年我大概六、七歲吧，被奶媽抱著躺在床上，蟋蟀經常在簷廊外面鳴叫。蟋蟀躲在院子石板底下或簷廊下方，發出響亮的叫聲。不像螽斯或雲斑金蟋那樣成群結隊而來，蟋蟀總是單獨出現。然而就這麼一隻的叫聲，卻清晰透入耳朵深處。於是奶媽就會說，

「你聽，小督，已經入秋了呢，蟋蟀在叫呢。」

「你聽，聽著那叫聲，就好像在說『刺肩刺衣襬，刺肩刺衣襬』對不對？只要聽到那種聲音就表示秋天到了。」她又說。

被奶媽這麼一說，不知是否心理作用，好像真的有寒風冷颼颼吹過當睡衣穿的白底窄袖單衣。我很討厭奶媽給我穿上糊得硬梆梆的單衣，但睡衣總是有種甜甜的好像快餿掉的漿糊味。那種氣味和蟋蟀的叫聲與秋天早晨的肌膚觸感結為一體，殘留在我朦朧遙遠的記憶中。直到七十七歲的現在，黎明時分想起那窸窸窣窣的蟋蟀叫聲時，還是會驀然想起那種漿糊味，奶媽的說話方式，還有那硬梆梆的睡衣觸感。半夢半醒中感到自己此刻身在下水道的舊家，彷彿還躺在床上被奶媽抱在懷裡。

然而，今早隨著意識漸漸清醒，我發現那種鳴叫聲分明就是從我與佐佐木小姐並排放著床鋪的這個屋內傳來的。不過話說回來這也太不可思議了。室內照理說不可能有蟋蟀叫。門窗都是關著的，也不可能是從外面傳來。但的確在嗶嗶叫個不停。

「奇怪了。」

我暗自稱奇，再次豎耳靜聽。啊，我懂了，原來如此，我恍然大悟，一次又一次傾聽。是的，就是這個，原來是這個。

我以為是蟋蟀的聲音並非蟋蟀，其實是我自己的呼吸聲。今早空氣乾燥，老年人的喉嚨乾涸，有點快感冒了，所以每次呼吸經過喉嚨就會發出嗶嗶嗶的聲音。雖不清楚到底是喉頭還是鼻腔深處，總之經過某處時就會嗶嗶響。那聽來不像是自己喉頭發出的聲音，倒像是自己身體以外的地方傳來的聲響。難以想像那種嗶嗶叫的可愛聲音竟是出自自己體內，怎麼聽都像是蟲鳴聲。但我試著吸氣吐氣，果然真的是嗶嗶響。我覺得好玩，又反覆試了好幾次。呼吸用力時聲音也大，就像吹笛子一樣嗶嗶響。

「您醒了嗎？」

這時佐佐木坐起上半身。

「妳知道這是甚麼聲音嗎？」

我說著又故意弄響喉頭。

「是老爺的呼吸聲。」

「噢，妳知道啊？」

「知道，因為每天早上都會聽見。」

「噢？我每天早上都發出這種聲音嗎？」

「老爺不知道自己發出這種聲音嗎？」

「不知道，最近早上老覺得聽到聲音，我睡得迷迷糊糊還以為是蟋蟀叫。」

「不是蟋蟀喔，是老爺喉頭發出的聲音。不只是老爺，年紀大了之後人人都會喉嚨乾涸，每次呼吸就會發出笛子般的聲音。這是老年人常有的現象。」

「那妳老早就知道了？」

「是，最近每天早上都會聽見，嗶嗶嗶的，聲音很可愛。」

「應該讓老太太也聽聽這種聲音。」

「那種事老夫人早就知道喔。」

「颯子聽見了八成會笑吧。」

「少奶奶怎麼可能沒聽過。」

五日。今早夢見母親。這對不孝的我是椿稀奇事。八成是昨天黎明夢到蟋蟀和奶媽產生的暗示。夢中出現的母親，是我記憶中最年輕貌美時的模樣。我不確定那是在何處，八成是住在下水道時代的她。身上是她每次外出時穿著的灰色小紋和服搭配黑色皺綢大褂。不知是正要外出，還是走在哪裡的房間。依她從腰帶取出裝煙草的煙管袋吞雲吐霧的樣子看來，想必是坐在起居室，卻不知幾時她已到了門外，光腳穿著低齒木屐走路。頭上梳著銀杏髻，插著珊瑚髮圈與珊瑚珠髮簪，鑲嵌白色珠母貝的玳瑁髮梳。髮型看得如此清楚，臉孔卻怎樣都看不分明。以前的人都矮，母親也是，頂多只有一百五十公分，所以或許因此才只看得到頭頂。但我知道那的確就是母親。可惜她壓根沒看我這邊，也沒跟我說話。我也沒有找她說話。或許是因我感到如果開口會被她罵所以才保持沉默。我家有親戚住在橫網，我猜想她正要去那裡。夢境只有短暫的一分鐘，之後就意識矇矓記不清了。

醒來之後，我像反芻般回想母親在夢中的身影。明治中期二十七、八年的某個天氣晴朗的日子，母親或許曾走在我家門前，發現年幼的我在路上。而且那一天的印象，或許此刻在我腦海重現。但奇怪的是，唯有母親是以年輕時的樣子出現，我卻是現在的衰老模樣。我比母親的個子高，是俯瞰母親。可我還是認為自己是幼童，把母親當成母親。而且時間應該是明治二十七、八年時的下水道時代。那一幕或許是幻夢亦未可知。

母親知道自己的兒子生了淨吉這個孫子。但母親在昭和三年淨吉五歲時過世，並不認識嫁入我們家的孫媳婦颯子。颯子與淨吉的結婚，連我的妻子都那樣激烈反對，如果當時母親還活著，不知會如何強烈反對。想必二人根本不可能結婚。不，打從一開始，就不可能會有讓孫子與做過舞女的女人結婚的念頭。結果這樁婚事不僅成立了，如果母親得知我這個做兒子的居然沉溺於孫媳婦的魅力，為了讓她同意自己的愛撫，還花了三百萬圓的代價買貓眼石給她，母親八成會驚愕得昏倒。萬一父親還活著，鐵定會把我和淨吉都趕出家門斷絕關係。不，更重要的是，如果看到颯子的容貌風情，母親會怎麼想呢？

母親年輕時也被稱為美女。我還記得她被稱為美女那年代的模樣。那時我已十五、六歲，她仍保持昔日風采。想起當時她的模樣，和現在的颯子比起來，的確大不相同。颯子也是公認的美女。淨吉娶颯子的主要理由也在於此。但這二個美女之間，從明治二十七年到昭和三十五年，日本人的身材已有驚人的差距。母親也有雙美腿。但是看著颯子的腿，那種美截然不同。幾乎無法想像是同文同種的人類的腿，是同屬日本女人的腿。母親的腳小巧可愛可以放在我掌心上。而且當她穿上草織鞋墊的木屐，走起路來是極端的內八字。（說到這兒讓我想起夢中的母親雖然穿著黑色皺綢大褂，卻沒穿襪子。是特地為了讓我看她的腳嗎？）明治時代的女人不只是美女，人人都是那樣走路內八。就像鵝走路搖搖擺擺。而颯子的腳像柳鰈一樣精緻細長。她甚至很自傲地說，一般日本人的鞋子扁平不合她的腳。反之我母親的腳很寬。看到奈良三月堂的不空羂索觀世音菩薩的腳，總讓我想起母親的腳。個子矮小也和我母親一樣。不足一百五十公分的女人並不少見。我也生於明治時代個子矮小，頂多只有一百五十八公分，颯子比我還高三、四公分，身高有一六一點五公分。

化妝方法也和以前相差很多，以前很簡單。已婚婦女大抵過了十八、九歲後都會剃眉染黑牙齒。到了明治中期以後這個習慣逐漸廢止，但在我的幼年時代仍是如此。迄今我仍記得染牙時特有的鐵漿氣味。如果現在的颯子看到那樣的母親不知會做何感想。颯子的頭髮燙捲，耳朵掛著耳環，嘴唇塗抹珊瑚粉紅、珍珠粉紅或咖啡棕紅色的唇膏，畫眉塗眼影，戴上所謂的false eyelash這種假睫毛，這樣還不夠，又塗了睫毛膏讓睫毛看起來更長。白天用暗棕色鉛筆，晚間用墨黑色眼影修飾眼部。指甲的修飾就更不用說，如果詳細寫出簡直不勝其煩。同樣身為日本女人，六十幾年的歲月就有這麼大的變化嗎？仔細想想我也活了漫長的年頭，經歷數不清的變遷，自己都不得不驚訝。母親如果知道自己於明治十六年生下的兒子督助，迄今仍活在世上，對颯子這樣的女人，而且是孫媳婦，是她親孫子的嫡妻——感到悖德的魅力，對她的折磨樂在其中，不惜犧牲自己的妻兒也要得到她的愛。不知會做何感想？母親於昭和三年過世，算來已有三十三年，恐怕作夢也沒想到，自家兒子會變成這樣的瘋子，把這樣的孫媳婦娶進家門。不，就連我自己，都沒想到會演變成如此情形。

………

十二日。……下午四點左右，老伴與陸子來找我。很久沒在這房間看到陸子出現了。自從七月十九日我拒絕她後，她就懶得再理我。就連她和老伴、經助一起去輕井澤時，也故意不來這裡，改約在上野車站會合。日前在輕井澤她也盡量不與我打照面。現在卻和老伴連袂來找我，肯定有甚麼緣故。

「之前孩子們打擾了很久。」

「有甚麼事嗎？」

我劈頭就直接挑明。

「不，沒事……」

「是嗎，孩子們也都很活潑呢。」

「謝謝您的照顧，托您的福，他們今年也很開心。」

「或許是因為平時難得見面，三個孩子轉眼都大得快認不出來了。」

這時老伴插嘴說。

「那個就不提了，倒是陸子聽到有趣的消息，所以想讓老爺子也聽一聽。」

「是嗎。」

我心想她八成又要說甚麼令人煩心的話。

「老爺子還記得油谷先生吧？」

「去巴西的油谷嗎？」

「那個油谷先生的兒子您知道嗎？淨吉結婚時他說代表他父親，夫妻倆一起出席婚宴——」

「那種事情我怎麼可能記得。然後呢？」

「我也不記得他了，但鉾田因為工作關係最近和他走得很近，不時會見到他。」

「所以妳到底想說甚麼？」

「不是啦，那位油谷先生上週日說是正好經過附近，所以夫妻倆一起來找鉾田。陸子說，現在想想那位太太非常饒舌，說不定是特地上門來講這件事的。」

「『這件事』是甚麼事？」

「哎，接下來還是讓陸子說吧。」

我坐在安樂椅上，本來並肩站在我面前的母女倆，這時也嘿咻一聲在沙發坐下來。接著，和颯子只差了四歲卻已經變成中年歐巴桑的陸子講起下文。她還好意思說油谷太太饒舌，我看她也一樣是個長舌婦。

「上次我們從輕井澤回來的隔天晚上，也就是上個月二十五日的晚上，後樂園拳擊場不是舉辦東洋羽量級頭銜賽嗎？」

「那種事我怎麼會知道。」

「總之就是有那場比賽啦。當天晚上全日本排名第一的坂本春夫擊倒泰國排名第一的西里諾伊・魯普拉克里斯，獲得第一屆冠軍——」

陸子流暢地說出那個叫甚麼西里諾伊・魯普拉克里斯的名字。哪像我聽了一次怎麼也記不住，一口氣還說不完，會咬到舌頭。長舌婦果然不同凡響。

「——油谷夫婦提早出門，從前一場比賽開始看，油谷太太的位子靠近拳擊台，右邊有二個位子起初空著。到了頭銜賽要開始的時候，有一個非常漂亮的夫人一手拎著米色手提包，一手甩著汽車鑰匙走進來在旁邊坐下。您猜那是誰？」

「……」

「油谷太太只在結婚時見過颯子，但她說，之後已過了七、八年，所以颯子忘了她的長相也是理所當然，那麼多的人當中，像她這樣的八成一開始就沒被人家放在眼裡，可她絕對不可能忘記颯子，因為那樣的美貌只要見過一次就永生難忘，而且現在比起當時又變得加倍美麗。她當下覺得默不吭聲好像不太禮貌，正想開口問對方是不是卯木家的少奶奶時，忽然有另一個陌生男人插進來在颯子身邊坐下，而且好像是熟人，很親熱地和颯子交談，所以油谷太太找不到適當時機跟她打招呼。」

「……」

「那個也就不提了，反正也不是甚麼好事，那個還是由媽來說——」

「當然不可能是好事。」

這時老伴又插嘴說。

「總之那個由媽來說，我就不多嘴了。倒是油谷太太一眼就發現，颯子手指上戴著閃閃發亮的貓眼石。正好就在自己右邊，所以颯子左手戴的戒指被她看得清清楚楚。根據油谷太太所見，那叫做貓眼石，像那麼大顆的相當少見，她說肯定超過十五克拉。媽也說過去從未見過颯子有那種寶石，我也沒聽說過，不知她是甚麼時候買了那種東西。」

「……」

「說起這個讓我想到岸信介擔任總理大臣時，在法屬印度支那還是哪裡也買過貓眼石引起軒然大波。報紙上提到當時那顆寶石價值二百萬圓。在當地，珠寶的價值很便宜，所以在那邊都要價二百萬圓的話，拿來日本想必價錢要翻倍。如此說來颯子那顆寶石恐怕相當昂貴。」

「那種東西八成是有人不知幾時買給她的吧。」

這時老伴再次插嘴。

「因為那顆寶石太大太閃亮了，油谷太太肯定瞪圓了眼一再盯著看吧，所以颯子似乎也變得不自在，從皮包取出蕾絲手套戴上，問題是不僅沒遮住寶石反而透過蕾絲越發光彩耀眼，那是因為手套想必是法國製手織蕾絲，而且是黑色的手套——黑暗中的寶石更顯得耀眼，也許颯子就是想到那種效果才刻意戴手套。我對油谷太太說，連這種小細節都注意到，觀察得可真仔細啊，結果油谷太太說，那是因為颯子坐在她右邊且戒指就戴在左手，所以得以盡情觀察，她還說那晚幾乎無暇注意拳擊賽，都顧著透過蕾絲手套觀察颯子的手指，比賽等於白看了。」

…………

4

十三日。繼續昨天的內容。

「老爺子，颯子不可能買得起那種東西……」

老伴這時開始盤根究底追問。

「……」

「哪，你甚麼時候買給她的？」

「甚麼時候都不重要吧。」

「誰說不重要，先不說別的，老爺子你怎會有那麼多錢？上次明明還對陸子說家裡開銷太大幫不了她。」

「……」

「所謂開銷太大就是花在那上面了嗎？」

「沒錯。」

老伴和陸子都目瞪口呆說不出話。

「我就算有錢給颯子也沒錢給陸子。」

我先這樣先聲奪人，情急之下冒出一個好藉口。

「之前我說要拆除老宅重新改建，妳不是很反對嗎？」

「對，我是反對。你這麼不孝的主意有誰會贊成。」

「那妳可真是孝順的兒媳啊，爹娘地下有知想必對妳很欣慰吧。所以我原本打算用來改建的那筆錢不就省下了。」

「就算省下來了，也犯不著給颯子買那種東西吧。」

「有何不可，又不是買給別人，是給自家兒媳買顆寶石，爹娘在地下肯定會誇獎我是個好兒子，做了好事呢。」

「若是改建的費用應該不止這些，還有剩餘的錢吧？」

「有啊，買寶石的錢只是其中一部分。」

「那剩餘的錢要做甚麼？」

「要做甚麼都是我的自由，妳最好不要多嘴干涉。」

「但你打算做甚麼用途，我想先聽聽看以供參考。」

「大概會做點東西吧。之前她說院子要是有游泳池就好了，所以大概會先做個游泳池吧，這樣她應該會很高興。」

老伴甚麼也沒說。只是默默瞪眼。

「有必要這麼早就做游泳池嗎？現在都已經是秋天了。」這時陸子說。

「水泥乾燥還需要一段時間，就算現在開始施工也要四個月左右才能完工。颯子已經詳細調查過了。」

「那麼完工時都已是冬天了。」

「所以用不著趕時間，只要明年三、四月完工就行了，但我想盡快完成看她高興的樣子。」

這下子陸子也啞然了。

「況且颯子要的不是普通一般家庭那種小池子，至少也得長二十公尺寬十五、六公尺。否則無法展現她拿手的水上芭蕾。她說想一個人表演給我看。等於是為了給我看她表演泳技才要做游泳池。」

「不過這好歹也算是好事一樁啦，自己家裡有游泳池的話，經助一定也會很開心……」

陸子這麼一說，老伴接腔：

「她才不是那種會替經助著想的媽媽，就連經助的學校作業都是全部丟給打工的學生家教。老爺子也是這種德性，所以咱們家的孩子很可憐。」

「不過等游泳池蓋好了，經助肯定會立刻跳下水。辻堂的孩子們到時候也要沾光使用喔。」

「那當然，到時候你們儘管來游泳。」

沒想到半路會冒出攔路虎。但我怎麼可能讓經助和辻堂那些小鬼下水。不過學校上課到七月下旬，到了八月就可以把這些小鬼趕去輕井澤。問題最大的毋寧是春久。

「話說回來，建造游泳池大概要花多少錢？」

我當然早已料到會被這樣質問，但這對大小歐巴桑一時慌亂居然忘記問這個重要問題，讓我暗自鬆了一口氣。不僅如此，老伴和陸子的意圖，肯定是打算這樣慢慢發動攻勢，先從貓眼石的話題逼我招認，等我招架不住後，再提及颯子與春久的曖昧關係。但那樣事態會變得過於嚴重因此他們不敢隨便開口，正在躊躇之際又因我強勢的說話態度非比尋常，最後他們始終沒找到適當的時機提起。不過遲早恐怕還是得面對這個問題……

十三日是大安吉日。傍晚淨吉夫婦要去參加友人的婚宴。他們夫妻倆近年來已很少一起外出。淨吉穿燕尾服，颯子穿正式和服。雖已九月但天氣仍然炎熱，因此本該穿洋裝，不知何故颯子卻選擇穿和服。這同樣也是近來少見之舉。白色一越縐綢的下襬以濃淡相間的墨色呈現樹枝圖案，周圍描繪淺藍色陰影。衣衽也可隱約窺見藍色襯底。

「怎麼樣，老爺子，我是特地穿來給您看的喔。」

「妳轉過身去，轉一圈讓我瞧瞧。」

腰帶是正式的羅紗袋帶。淺鈷藍色綴少許銀線的底色上，帶黃色的線與金線織出乾山[19]風格的陶畫。繫成略小的腰結，但垂下的部分比普通長。腰帶的襯墊是絲質帶有白色與淺粉紅色暈染。腰繩則是用金銀線撚成。戒指是深綠色翡翠。左手拿著白色串珠小手包。

「偶爾穿和服也不錯。沒掛耳環和項鍊更顯得品味出眾。」

「老爺子挺內行的嘛。」

阿靜跟在颯子後面拿著草屐盒進來，取出草屐擺在她面前。颯子是穿拖鞋進來的，特地在我眼前換上草屐給我看。草屐是銀色織錦三層高跟，只有鞋帶背面使用

19 尾形乾山（1663-1743），江戶中期的陶匠、畫師。

粉紅色。草屐是新買的所以腳趾不易套入。阿靜蹲身幫忙，弄得滿頭大汗。好不容易穿上後，她走了一兩步給我看。她最驕傲的就是穿上襪子時腳踝的突起不明顯。八成也是為此才穿上和服，特意在我面前炫耀。……

十六日。最近每日天氣炎熱。雖已九月中旬，但這種炎熱顯然不正常。或也因此，總覺得雙腳笨重浮腫。尤其是腳背比小腿浮腫得更嚴重，如果用手指去按腳趾根，會凹陷得可怕。而且久久無法恢復原狀。左腳第四趾和第五趾完全麻痺。腳底像葡萄一樣腫起。小腿肚和腳踝上方特別沉重，尤其嚴重的是腳底。就像腳底貼了一塊鐵板。這種情形不只是左腿，是雙腿都有。走路時兩隻小腿就會以怪異的方式互相打架無法順利走路。要從簷廊下去院子穿木屐時，沒有一次能夠立刻穿上木屐，總是會踉蹌不穩導致赤腳踩到踏腳石，有時還會踩到院子地面弄髒腳底。這些傾向雖然之前就有，但最近尤其明顯。佐佐木很擔心，每天都叫我仰臥，膝蓋交叉檢查腳氣，但好像也不是腳氣病。

「還是得請杉田醫師來做個詳細的檢查。心電圖也有一陣子沒照了，所以有必要照一下。我總覺得您這樣浮腫不對勁。」她如是說。

今早又發生一起事件。佐佐木正牽著我的手在院子散步，本該關在圍欄內狗屋的牧羊犬不知怎麼搞得竟然衝出來，突然朝我撲過來。牧羊犬大概是想跟我玩，但牠突然撲來把我嚇了一跳。簡直像猛獸出現。我來不及抵抗就被輕易壓倒仰躺在草地上。雖然不怎麼痛，但撞到後腦，腦子嗡嗡響。我想坐起來可是一時之間起不來，一邊撿起手杖一邊掙扎，費了幾分鐘才站起來。狗看我倒下又去找佐佐木玩。聽到佐佐木不停尖叫，颯子穿著睡衣就跑來，

「雷斯里，別鬧！」

被她這麼瞪眼一罵，牧羊犬當下乖順地跟在颯子後面搖著尾巴走回狗屋去了。

「有沒有哪裡受傷？」

佐佐木一邊替站起來的我拂去浴衣下襬塵土一邊說。

「沒有受傷，但是被那麼大的傢伙撲過來，我這個站都站不穩的老頭子可吃不

消。」

「還好您是倒在草地上，真是不幸中的大幸。」

我和淨吉本來都愛狗所以之前也養過狗。但主要都是飼養萬能（㹴）[20]、臘腸狗、日本狐狸犬這種小型犬。是淨吉娶妻之後才開始飼養大型犬。那是在他們結婚半年後，淨吉突然說「想養養看蘇俄牧羊犬」，不久就找來一隻很不錯的狗。並且聘請訓犬師每天毫不懈怠的訓練。給狗餵飯、洗澡乃至刷毛等等照顧起來瑣事頗多，從老伴到女傭都怨言不斷，但淨吉還是堅持到底，這件事我當時的日記也有記載。但，事後想想，那顯然不是淨吉的意思，而是颯子慫恿丈夫的結果，可我起初並未察覺。二年後那隻蘇俄牧羊犬罹患犬瘟熱因腦炎死去，這次颯子自己跳出來說要養一隻格雷伊獵犬取代蘇俄牧羊犬，特地去狗場訂購讓人家找來。她給那隻狗取名為庫巴，且非常寵愛，還讓司機野村開車載著她和庫巴在街上兜風或是牽著狗在附近散步，大家甚至說少奶奶疼愛庫巴勝過經助小少爺，但那隻獵犬其實買來時就是老狗了，不久便因心絲蟲造成腹積水死去。第三次買的就是這隻牧羊犬。根據血統證明書，這隻狗的父親生於倫敦叫做雷斯里，因此兒子也繼承了這個名字。這些事情想必也都詳細記載在當時的日記中。雷斯里受到颯子的寵愛也不遜於庫巴，但陸子似乎偷偷煽動老伴，打從兩三年前起，最好不要養牧羊犬這種大型犬的意見就逐漸在家中抬頭。

理由無他。直到兩三年前為止，我還算能夠行走自如，就算被大狗飛撲也毋庸擔心，但如今情況已大不同。別說是狗了，就算是被貓撲過來恐怕都會立刻摔倒。家中院子並非全是草皮，也有一些坡道和石階與踏腳石。如果被撲倒在那種地方不巧撞到要害，不知會有甚麼可怕後果。就像某某家的老人，就是被狼狗稍微絆了一下摔倒，結果造成重傷，住了三個月醫院到現在還打著石膏。所以老伴說我應該出面勸颯子別養牧羊犬了，她說她也委婉地勸告過，但她講的話颯子不會聽。

「可是她那麼寵愛那隻狗，不讓她養太可憐了……」

20 譯注：萬能屬大型犬，或許是作者的誤解。可能是指長相類似萬能的小型犬。此處保持原文翻譯。

「就算這樣，也比不上你自己的身體重要。」

「更何況就算不養了，那麼大的狗也不知該怎麼處理。」

「肯定有誰喜歡養狗願意領養牠。」

「如果是小狗還好說，那麼大的狗不會有人要養，況且我自己也不討厭雷斯里。」

「老爺子是怕颯子對你瞪眼吧，難道你不怕哪天受重傷嗎？」

「那妳自己去說不就好了？如果颯子同意我自然也沒話說。」

然而事實上，如今老伴也開不了這個口。本來「少奶奶」的權力就已經一天比一天凌駕於「老太太」之上，區區一隻狗的處置問題還不知會引發如何驚天動地的大戰，這麼一想我就覺得不能隨便開啟戰端。

說實在的，其實我也不怎麼喜歡雷斯里。仔細想想，連我自己都已發現，我只不過是在颯子面前假裝喜歡而已。看到她牽著雷斯里一起出門兜風，多少會有點不高興。如果她是和淨吉一起兜風那是理所當然，和春久出門我也沒話說，可是對象是狗的話，正因為不能嫉妒所以更生氣。偏偏那隻狗的長相還很有貴族風範，感覺頗為高級。說不定比貌似黑人的春久更加俊俏。颯子讓那畜牲坐在自己的座位旁，緊挨著身子一起坐車。而且還讓牠咬脖子上的項鍊，和她耳鬢廝磨。就算路人看了肯定也會覺得有礙觀瞻。

「少奶奶在外面很少做那種舉動，倒是老爺在場時經常那樣做。」

野村說，照他這麼說來，颯子說不定是故意戲弄我才那樣做。

說到這裡，為了討好颯子，有時我會在她面前勉強對雷斯里輕聲細語，從圍欄外面丟點心給牠吃。這時颯子就會板起臉斥責我。

「老爺子您這是做甚麼，請不要隨便給牠吃點心——看吧，牠可是經過良好的訓練，才不會吃老爺子給的食物。」

我想起她還曾這麼說著獨自走進圍欄中，像要故意做給我看似的愛撫雷斯里，臉貼臉摩挲作勢要接吻。彷彿想強調「很嫉妒吧？」朝我默默微笑。

為了討好佳人，就算受傷亦在所不惜，即使因此受傷死去，毋寧也是求仁得仁。只不過，不是被她踩踏而死，而是被她的愛犬踩踏而死未免有點悲哀……

下午二點杉田醫師來診。其實不是非得今天不可，只是發生雷斯里事件後佐佐木迅速通知了醫師。

「聽說您不幸被撞倒了？」

「沒事，我好得很。」

「總之我先幫您檢查一下。」

我躺下讓他詳細檢查手及腰腿。肩膀手肘及膝蓋痛得像風濕關節炎是原本就有的毛病，並非雷斯里害的。幸好雷斯里似乎沒對我造成任何傷害。杉田也一再檢查心臟和背部，讓我深呼吸，拿攜帶用心電測量儀測量心電圖，

「我想應該用不著太擔心，不過我回去之後會再向您報告詳細結果。」

他說完就走了。

晚間收到報告。文曰：

「心電圖結果顯示並無異狀。基於老先生的年齡，數值必然會多少有些變化，

但和上次測量相比並無異常。倒是腎臟有必要再做一次檢查。」

二十四日。佐佐木說今天傍晚想要回去看小孩。她上個月到現在都沒回去過，所以不可能不讓她走。她明天上午就會回來，但不巧明天是週日。週六週日這兩天回去，對於想要有充裕時間看小孩的佐佐木當然比較方便，但是還得問問颯子有何意見。老伴自從七月以來就堅持不肯再暫代佐佐木的工作。

「可以啊，佐佐木小姐這麼期待，就讓人家去吧。」

「妳這邊沒問題嗎？」

「為什麼這樣問？」

「明天可是星期天。」

「對，我知道，那又怎樣？」

「妳或許無所謂，可是淨吉最近好像三天兩頭出差。」

「那又怎麼了？」

「難得他週末兩天都待在家裡。」

「所以您到底想說甚麼？」

「他偶爾也想在家抱著自己老婆好好睡個懶覺吧。」

「不良老太爺難得也會替兒子著想啊。」

「算是贖罪吧。」

「那是多此一舉，淨吉只會覺得您在幫倒忙。」

「不見得吧。」

「總之您用不著操那個心。今晚我會好好接替佐佐木小姐的工作。老爺子您起得早，所以之後我再回去淨吉那邊就行了。」

「他睡得正熟時被吵醒太可憐了。」

「沒事，他肯定沒睡覺在等我。」

「真是敗給妳了。」

晚間九點半洗澡，十點就寢。阿靜照例替她搬了藤椅進來。

「妳又要睡那玩意？」

「那不重要，總之老爺子趕緊閉嘴睡覺吧。」

「睡藤椅會感冒喔。」

「就是為了避免感冒才帶了很多毯子來。阿靜萬事細心周到，所以交給她就對了。」

「如果妳感冒了，那我就太對不起淨吉了——不，不只是淨吉。」

「您可真囉嗦，又擺出一副想要安眠藥的樣子。」

「二顆說不定不管用。」

「騙人，上個月也是吃二顆立刻見效，才剛吃下去就睡死了，還張著嘴流口水。」

「我那時候的嘴臉肯定很醜。」

「您自己想像吧。不過老爺子，您跟我睡時為什麼不拿掉假牙？我知道您平時睡覺都會拿下來。」

「晚上睡覺時拿掉當然比較舒服，可是拿下假牙會變得又老又醜。如果是被老太太和佐佐木看到還無所謂。」

「您真以為我沒看過嗎？」

「妳看過？」

「去年您痙攣發作時，不是昏睡了整整半天嗎？」

「那時候被妳看見了？」

「區區假牙，有沒有都一樣，刻意掩飾才奇怪。」

「我不是要掩飾，只是不想讓人看了不愉快。」

「以為不摘假牙就沒事的想法才奇怪。」

「那我就摘下。——哪，妳看，變成這副嘴臉——」

我從床上起來走到她面前，當著她的面先把上下排假牙都拿下，放進邊桌的假牙盒中。然後刻意將上下牙齦用力咬合，盡量把臉縮小給她看。鼻子變塌垂到嘴唇上方。就連猩猩的臉孔都比我好看。我將上下牙齦一再開合，黃色的舌頭在口腔內蠕動，豁出去做出醜陋的表情給她看。颯子目不轉睛看著我的臉，從邊桌抽屜取出小鏡子塞給我，說：

「那種臉孔給我看也沒甚麼用，倒是您自己可曾好好看過自己的臉？如果沒有，我讓您好好看看吧——您瞧，就是這種嘴臉。」

她說著把鏡子放到我臉前。

「您覺得這張臉如何？」

「蒼老醜陋得無法形容。」

我看著鏡中的臉，之後望向颯子。實在無法相信二張臉竟是來自同一種生物。越是覺得鏡中的臉醜陋，颯子這個生物看起來就越發優秀。我很遺憾地暗忖，鏡中這張臉如果能更醜惡一點，颯子想必會顯得更優秀吧。

「好了，睡覺吧老爺子，快回去床上。」

「妳幫我去拿安眠藥。」

我邊回床鋪邊說。

「今晚也睡不著嗎？」

「每次和妳一起都會很亢奮。」

「看到那種臉孔應該亢奮不起來吧。」

「看到那種臉之後再看妳的臉，就會格外亢奮。這種心理妳不會懂。」

「我的確不懂。」

「換言之，我越顯得醜惡，妳就會看起來越發美麗。」

她心不在焉地聽我說話，去拿安眠藥了。之後手裡夾著一根美國香菸回來。

「來，嘴巴張開。不能養成習慣吃上癮，所以今晚也吃二顆就好。」

「妳不能用嘴巴餵我嗎？」

「先想想您現在的模樣再說話。」

但她還是用手把藥放入我嘴裡。

「咦，妳甚麼時候開始抽菸了？」

「最近有時會躲在二樓偷抽。」

打火機在她手中發光。

「其實不想抽，但這也是一種裝飾品。今晚就用這個來清清口。」

……

二十八日。……下雨天手腳更加不舒服，打從下雨的前一天就會有預感，今早一起床就發現手部麻痺和腳部浮腫及不良於行的毛病變得更嚴重。下雨天無法去院子，但就算只是在走廊散步都有困難。一不留神就腳步踉蹌幾乎摔倒，很擔心會從簷廊摔下去。手部麻痺從手肘蔓延到肩膀，這樣下去恐怕會變成半身不遂。傍晚六點左右，手變得更加冰冷。就像泡在冰塊中失去感覺。不，雖說失去感覺，但冰冷到這種地步，還是會感到疼痛。可是別人碰觸卻不覺得我的手冰冷，都說是正常溫度。只有我自己感到難以忍受的冰冷。之前也不時會有這麼冷的感覺，但那雖然多半在隆冬嚴寒時，卻不見得一定是在冬天。不過像今天這樣在九月這麼冷還是很少見。根據之前的經驗，這麼冷的時候必須先用大毛巾浸泡熱水包裹整隻手臂，然後裹上一層厚厚的法蘭絨，再往二處捂上白金懷爐。即便如此還是過十分鐘就會發冷，因此必須將熱水放在枕邊，不斷重新將毛巾浸泡熱水包覆。如此重複五、六次。熱水會冷掉，因此必須不斷用水壺裝熱水送來倒進臉盆。今天也反覆用這方法暖手，總算沒那麼冷了。

5

二十九日。昨晚泡了很久的熱水，手痛因此稍微緩和得以安眠。但，天亮醒來後發現又開始疼痛。雨後初晴的天空亮麗。如果身體健康，這種秋高氣爽的日子不知該有多麼快意，我想起直到四、五年前還能痛快享受那種快意，不由心情鬱悶。吃了三顆得爾辛。

上午十點量血壓。降至一〇五／五八。佐佐木勸我吃了二片添加少許卡夫乳酪的蘇打餅乾，一杯紅茶。過二十分鐘後再次測量。升至一五八／九二。短時間內血壓變動如此劇烈並非好事。

「還是不要用腦過度寫文章比較好吧，否則我怕您又會疼痛。」

佐佐木看到我在寫日記，如此表示。雖未讓她看到日記內容，但必須如此頻繁仰賴護士後，難免會讓佐佐木察覺一二。說不定改天還得靠她替我磨墨。

「就算有點痛，只要這樣寫東西就能分散注意力，如果實在痛得受不了，我自然會停筆，還是趁現在多做點事比較好，妳先去旁邊吧。」

下午一點午睡，昏睡一小時。醒來滿身大汗。

「這樣會感冒。」

佐佐木又進來替我換下汗濕的棉紗內衣。額頭與脖頸周圍都濕漉漉得極為不舒服。

「得爾辛雖然藥效不錯，但流這麼多汗很受不了，有沒有甚麼其他的藥？」

下午五點杉田來診。或許是因為藥效過了，又開始劇痛。

「老爺說吃了得爾辛會流汗不舒服。」

佐佐木告訴杉田。

「那真是傷腦筋。正如我再三說明的，這種疼痛只有兩、三成是來自大腦中樞，剩下的六、七成是頸椎的生理變化造成的神經痛，X光檢查的結果診斷足以證明。治療方法唯有在石膏床上做頸部牽引解除神經壓迫，除此之外別無他法，而且需要忍耐三、四個月。但老先生年事已高，也難怪您會覺得難以忍受。但是除了吃藥暫時緩解之外，沒別的辦法。藥物也分很多種，如果不想吃得爾辛，也不喜歡諾布朗，那就只能先注射帕洛欽試試，暫時可以止痛。」

打針之後果然稍微舒服點了。……

十月一日。手部依然疼痛，最痛的是小指和無名指，越往大拇指疼痛越輕，但還是逐漸擴及五指。不只是手掌，也蔓延到手腕，連結小指的尺骨莖狀突起，以及橈骨突起都會痛，想轉動手腕時尤其痛得轉不動。麻痺則是手腕最嚴重，無法轉動，已分不清到底哪裡是麻痺哪裡是疼痛。下午和晚間各注射一次帕洛欽。……

二日。疼痛不止，佐佐木找杉田商量後注射鎮痛消炎劑薩普洛。……

四日。我不想注射諾布朗，遂嘗試肛門栓劑，但無甚效果。……

九日。四日至今日幾乎天天痛因此無力撰寫日記。整天躺在臥室由佐佐木貼身看護。今天總算稍有精神因此記述一二。過去五天打了不少針也吃了各種藥。包括皮拉必妥、伊爾格匹林、還有帕洛欽、伊爾格匹林栓劑、得理登、布洛巴林、諾克坦等等，服用的各種藥名是佐佐木告訴我的，或許除此之外還有別的藥物。但我一下子記不住。得理登和布洛巴林、諾克坦不是鎮定劑，是安眠藥。本來極易入睡的我，最近卻痛得輾轉難眠，必須吃各種安眠藥。老伴和淨吉不時前來探望。

五日下午是痛得最厲害的一天，老伴一來病房就說，

「颯子說不知道該不該來探望你……」

「……」

「就讓她來有甚麼關係，我跟她說，『這種時候如果看到妳的臉，老爺子就算再大的痛苦都能忘記。』」

「放屁！」

我當下怒吼。到底為什麼怒吼，連我自己都不明白。這麼狼狽的樣子被她看見會很尷尬，這麼一想，才會那樣破口大罵，但老實說也不是真的不想讓她來。

「噢？讓颯子來看你不好嗎？」

「不只是颯子，陸子要來看我也不行。」

「這我當然知道，上次我就已經把陸子趕回去了，我說『就算再怎麼痛也只是手的毛病，所以不用擔心，妳還是別露面的好』。結果陸子就哭了。」

「這有甚麼好哭的？」

「五子也說要來探病被我嚴厲禁止了。但颯子要來應該沒關係吧？為什麼會討厭颯子？」

「放屁放屁放屁，誰說討厭她了，不僅不討厭而且還喜歡過度，就是因為太喜歡了所以才不想在這種時候見面。」

「哎喲，原來是這樣啊，我都沒想到這一點，你不要這麼生氣，生氣對身體最不好。」

老伴用哄小娃兒的語氣說，躡手躡腳地悄悄走了。我被老伴突然說中要害，所以顯然是惱羞成怒。老伴走了之後我一個人靜下心想想，其實不該那麼生氣的，颯子聽了老伴轉述還不知會做何解釋，我越想越擔心。她對我的想法瞭如指掌，所以應該不至於往壞處想吧……

「對了，還是見她比較好，這兩三天之內就找機會設法巧妙試探一下……」

今天下午，我忽然想到一個法子。手到了今晚肯定又會痛——好像我很期待手痛似的——屆時我就趁最痛的時候喊颯子。我要像小孩一樣哭喊：「颯子！颯子！好痛啊，好痛啊，快來救我！」颯子肯定會目瞪口呆地走進來。「這位老太爺是真的痛得大哭嗎？該不會是有甚麼企圖吧？」她會暗自提防，表面上卻故作驚訝地走進來。「我只要颯子，其他人都出去！」然後我會吼叫著把佐佐木趕出去。等到只剩下我倆時，我該怎麼開口才好呢？

「好痛啊，快來救我！」

「好好好，老爺子，想叫我做甚麼您就說吧，我甚麼都聽您的。」

只要她這樣反應就搞定了，但她當然不可能輕易答應。有甚麼好辦法可以說服她呢？

「只要妳跟我接吻，就能讓我忘記疼痛。」

「不能只讓我親吻妳的腳喔。」

「只親妳的脖子也不夠喔。」

「不是真正的接吻我不要。」

如果我這樣耍賴又哭又叫，不知會不會管用。她恐怕也招架不住只好投降吧。

這兩三天之內就找機會試一次好了。雖說要「趁最痛的時候發難」，可是不用等真正痛的時候，只要假裝很痛就行了。不過我得先刮個鬍子。這四、五天都沒刮鬍子，已經滿臉鬍渣。這樣看起來就一臉病容反而更有效果，可是考慮到要接吻，如果這麼多鬍渣恐怕不太方便。假牙還是拿下來吧。而且要偷偷把口腔弄乾淨一點。……

就在這麼左思右想之際，今天傍晚又開始痛了。已經甚麼都寫不下去了。……我擲筆呼叫佐佐木。……

十日。打了一針〇・五CC的伊爾格匹林。好久沒這樣頭暈了。天花板不停旋轉。一根柱子看起來好像變成兩三根。持續五分鐘後又恢復正常。頸部有重壓感。服用安眠藥魯米納爾〇・一克三分之一後就寢。

十一日。疼痛和昨日差不多。今天用了諾布朗栓劑。……

十二日。服用三顆得爾辛。照例滿身大汗。……

十三日。今早比較舒服。趁此時趕緊寫下昨晚發生的事。

晚間八點淨吉來病房探視。他最近也盡量提早在剛入夜就返家。

「怎麼樣，有沒有好一點？」

「不僅沒好，反而越來越糟。」

「可是刮了鬍子看起來不是神清氣爽多了嗎？」

事實上我最近手痛得連刮鬍刀都拿不穩，但今早我還是忍痛刮了鬍子。

「刮個鬍子都不容易。不過如果任由鬍子長長會更像病人。」

「讓颯子幫您刮鬍子不就好了？」

淨吉這小子，講這種話是甚麼意思？是發現我刮了鬍子，立刻察覺到甚麼嗎？基本上他並不喜歡家人把颯子呼來喚去任意差遣。那是因為他對自家老婆做過舞女感到自卑，自然而然變成這樣，結果那反而更助長了「少奶奶」的氣勢。不過她之所以變成這樣，我多少也要負一點責任，問題是淨吉這小子身為丈夫卻打從開始就處處遷就她。雖不知他們夫妻倆獨處時是怎樣，但至少在旁人面前看起來是那樣。

這樣的話，就算對象是自家老爹，恐怕也不可能真的讓寶貝老婆去幫忙刮鬍子。

「我不想讓女人碰這種地方。」

我故意這樣告訴他。但我心裡其實在想，如果仰躺在椅子上讓她幫忙刮鬍子，應該可以看清她的鼻孔最深處，看著她單薄的鼻肉發紅透明好像也不錯。

「颯子很會用電動刮鬍刀喔，我生病時也都是她幫我刮鬍子。」

「噢？你會讓颯子做那種事？」

「當然會，這沒甚麼好奇怪的吧。」

「我沒想到颯子會那麼聽話地做那種事。」

「不只是刮鬍子，甚麼事都行，請儘管差遣颯子，她一定會來伺候您。」

「不見得吧，你在我面前說得好聽，可是你敢當面這樣命令颯子嗎？你會叫她一切聽老爹的命令行事？」

「那當然沒問題，我一定會這樣吩咐她。」……

不知道淨吉是怎麼跟她說的，那天晚上十點多颯子忽然走進我房間。

「您叫我不要來，可是淨吉卻叫我來，所以我就來了。」

「淨吉在幹嘛？」

「不曉得又去哪了，他說出去小酌一杯。」

「我本來還想看淨吉把妳帶來，當著我的面前命令妳。」

「他哪敢命令我，他是看苗頭不對就腳底抹油溜之大吉——不過事情我已聽說了，我說他在場只會礙事，所以叫他走遠一點，硬是把他趕出去了。」

「那樣也好，不過還有另一個礙事的傢伙在。」

「好好好，我知道。」

佐佐木說著也很識相地立刻離開。

頓時就像收到信號似地手痛加劇。從尺骨和橈骨的莖狀突起直到五指指尖，整隻手僵硬似木棒，手掌內側與外側都感到針扎般的刺痛。也有點像螞蟻爬過的刺癢，卻比那個難受多了，是更強烈的劇痛。而且手就像插進味噌醬缸中一樣冰冷。又冷又痛。過度冰冷導致失去知覺，可是偏偏又很痛。這種感受只有當事人自己才能理解。就算對醫師如何解釋，對方恐怕也聽不懂。

「小颯！好痛啊！」

我不禁高喊。這種聲音果然只有真的很痛時才發得出來。如果是裝痛絕對喊不出這麼迫切的吶喊。更何況我從未喊過她「小颯」，這也是自然脫口而出。能這樣喊她讓我非常高興。又痛又快樂。

「小颯，小颯，疼死我了！」

我的聲音就像十三、四歲的頑劣少年。不是故意的，是自然而然變成那種聲音。

「小颯，小颯，小颯妳聽見沒！」

喊著喊著我不禁哇哇大哭。哭得涕淚縱橫，還不停流口水。哇，哇，哇——我不是在演戲，當我喊出「小颯」的瞬間，自己好像真的返老還童變成哭鬧耍賴的小孩不停哭叫，就算想制止也停不下來。啊，我該不會真的瘋了吧？這難道就是所謂的發瘋？

「哇，哇，哇！」

瘋就瘋吧，管他的！我心裡這麼想，問題是當我這麼想的瞬間突然湧現自省，開始害怕自己變成瘋子。於是之後我明顯變成在演戲，刻意模仿耍賴的小孩。

「小颯，小颯，哇，哇，哇——」

「別鬧了，老爺子。」

颯子打從剛才就一直有點嫌惡地默默凝視我的表情，偶然間四目相對，她似乎立刻看穿我的內心變化。

「裝瘋賣傻的話，小心很快會真的變成瘋子喔。」

她將嘴巴湊近我耳邊，異樣鎮靜地帶著冷笑低聲說。

「能夠做出如此荒唐的舉動，就證明真的已經瘋了。」

她語帶嘲諷，讓我彷彿被當頭澆了一盆冷水。

「哼，您到底想叫我做甚麼？除非您停止哭鬧，否則我甚麼都不會做喔。」

「那我不哭了。」

我立刻恢復正常，若無其事說。

「這是應該的，我這人脾氣倔，您非要那樣演戲的話我就更不買帳。」

這件事我就不繼續贅述了。總之我錯失接吻的良機。結果沒有親嘴，她只是隔著一公分距離，讓我張大嘴巴，朝我嘴裡吐了一滴唾液。

「好了，這樣行了吧，如果還不滿意那就隨便您了。」

「好痛，好痛，是真的好痛啊。」

「這樣應該能稍微止痛吧。」

「好痛，好痛。」

「您又那樣鬼吼鬼叫！我要躲開了，您就一個人儘管哭叫吧。」

「颯子，今後讓我不時喊妳『小颯』好不好？」

「莫名其妙。」

「小颯。」

「像您這樣撒嬌耍賴又騙人，鬼才會上當！」

她氣呼呼地走掉了。

………

十五日。……今晚服用巴比妥〇・三克，布洛姆拉〇・三克。安眠藥也得不時更換輪流使用，否則很快就會失效。魯米納爾對我毫無效果。

十七日。根據杉田的意見決定請東大梶浦內科的梶浦博士來診，今日下午博士來訪。博士在我幾年前腦溢血發作時也曾來診數次，所以本就認識。杉田詳細說明我在那次腦溢血之後的病情變化，也給博士看了我頸椎及腰椎的X光片。博士說這不是他的專長，因此無法斷言那就是造成左手疼痛的原因，但虎門醫院整形科的意見應是正確的，他會順便將片子帶回大學給專任醫師看，然後再給我明確的回覆，不過依他非專業的角度看來，也可確定控制左手神經的部位的確已變形，因此如果不願接受打石膏、活動床，也不願做頸部牽引的話，已經沒別的方法可以解除神經壓迫，大致上只能依照杉田採用的那種暫時處置，至於藥物還是注射帕洛欽最好，因為伊爾格匹林有副作用，最好停用，如是云云。經過一番頗為縝密的檢查後，博士帶著我的X光片離去。

十九日。博士打電話通知杉田，東大整形科的意見與虎門醫院完全一致。

晚間八點半左右，有人沒敲門就鬼鬼祟祟推開房門。

「誰？」

我喝問，但無人回應。

「是誰？」

我又問一次，細微的腳步聲響起，穿著睡衣的經助進來了。

「這麼晚了你來做甚麼？」

「爺爺，手很痛嗎？」

「小朋友不用擔心這種事，現在應該是你睡覺的時間了吧？」

「我睡了呀，我是偷偷來看爺爺的。」

「去睡吧，去睡吧，小孩子別瞎操心……」

我說到這裡，不知怎地有點哽咽，眼淚潸然落下。這和幾天前我在這孩子的媽媽面前流下的眼淚截然不同。當時我哇哇大哭，今天卻只是從眼眶落下一滴淚珠。為了掩飾那滴淚水，我慌忙拿眼鏡戴上，但鏡片頓時沾滿霧氣，讓我更加尷尬。連孩子都騙不了了。

上次的眼淚我懷疑是瘋狂的證明，那麼今天的眼淚又證明了甚麼？上次的眼淚多少是預期中的眼淚，可今天的眼淚完全出乎意料。我和颯子一樣喜歡故意使壞，雖然覺得大男人還哭哭啼啼太丟臉，其實意外地哭點很低，一點小事也會莫名其妙地落淚。而且還努力不讓人發現。打從年輕時就老是對妻子惡聲惡氣故作壞人，可是只要妻子一哭，我就會立刻很沒出息地投降。所以我一直拼命不讓妻子發現我哭泣的樣子。如此說來，我好像是個大善人，實則是個淚腺發達、感情脆弱、內心扭曲且冷漠無情的人。我就是這樣的男人，可是天真的孩童突然出現，對我說出這麼貼心的話，頓時讓我情難自禁，眼鏡擦了又擦還是被淚水沾濕。

「爺爺，你要打起精神來，只要再忍耐一下就好了。」

為了掩飾眼淚與哭聲，我只好把被子整個蒙住頭。想到可能會被佐佐木察覺，最讓我不快。

「好，爺爺很快就會好……你快去二樓睡覺吧……」

我以為自己是這麼說，但說到「快去二樓」時卻異樣含糊，連自己都分不清到底在說甚麼了。漆黑的被窩中，眼淚如潰堤般一滴滴滑落臉頰。經助這小傢伙，到底要在這裡待多久，還不快點給我滾回二樓去，可惡！想到這裡眼淚更加源源不絕。

過了三十分鐘左右，淚水徹底流乾後，我才從被窩探出頭。經助已經不在了。

「經助小少爺說話真讓人心疼。」

佐佐木說。

「小小年紀也懂得關心爺爺呢。」

「年紀不大就這麼老氣橫秋，真是人小鬼大。我最討厭那樣子了。」

「哎喲，您怎麼這麼說。」

「我明明交代過別讓小孩來病房，他卻偷偷溜進來。小孩就該有小孩的樣子。」

這把年紀還被小孩子輕易弄哭，讓我非常氣惱。這麼容易流淚，就算淚腺再怎麼發達也不尋常，我懷疑這說不定是自己死期已近的徵兆。

………

二十一日。今天佐佐木帶來一個好消息。據佐佐木表示，她以前曾在ＰＱ醫院任職，昨天下午她請假外出一小時去品川治療牙齒，湊巧在那家牙科遇到以前任職ＰＱ醫院時的老同事福島博士這位整形外科醫生，並且在候診期間與博士交談了二十分鐘。博士問她如今在哪高就，她說在某某家照顧病人，於是提及我的手痛問題。佐佐木問他有沒有甚麼好的治療方法，因患者是老人，對於做復健乃至其他各種麻煩的方法都很排斥，博士說方法不是沒有。只是伴隨風險，難度頗高，需要一定的技術，因此一般醫師做不到，也不願冒險嘗試，但博士說他能做，有把握成功，並且說這種病很可能是所謂的頸肩腕症候群，如果是第六節頸椎有問題，就必須在旁邊突起的周遭部位注射局部麻醉來阻斷交感神經，這樣便可立刻解除手痛。不過頸部神經經過頸部大動脈的後方，針頭要在不碰觸動脈的情況下戳進神經非常困難，萬一傷及動脈後果不堪設想，不僅是動脈，頸部還有無數微血管經過，因此若稍有不慎讓局部麻醉藥或空氣進入其中一條血管內，患者就會立刻呼吸困難，所以一般醫師不敢輕易採用這種方法，但博士說他敢冒這個險，迄今已在許多患者身上用過這種方法，而且從未失敗過，因此有把握絕對做得到。佐佐木問那要花幾天時間，博士說只要一天，而且只要一兩分鐘就行，不過在那之前必須先照X光，但也只需二、三十分鐘就夠了，那是遮斷神經，所以一旦手術成功，痛苦會當場消失，只須忍耐半天便可心情愉快地回家。佐佐木說，事情就是這樣，不妨鼓起勇氣試試看。

「那位福島博士值得信任嗎？」

「對，那當然值得信任，人家可是在知名的ＰＱ醫院任職的醫生，所以絕對沒問題。他是東大畢業的醫學博士，我也和他熟識多年。」

「真的沒問題嗎？萬一手術失敗了會怎樣？」

「那位醫生既然那樣打包票，我想絕對不會有問題，不然您親自見他一面當面問個清楚？」

「如果真的可以做到，那就太好了。」

不管怎樣我還是先徵詢杉田的意見。

「噢？還能做到那種事啊？如果真能做到，那簡直是神乎其技了。」

杉田認為風險太大並不怎麼贊成。

二十二日。佐佐木去ＰＱ醫院見博士，替我打聽了詳細情況。佐佐木做了很多專業說明，但詳細內容我不懂。不過正如昨日所述，博士迄今治療過數十名這種病人，用這種方法輕易獲致成功，因此並不認為手術難度高到足以稱為神乎其技，病人也沒有特別不安或害怕，大家都是輕鬆接受注射，立刻消除疼痛後歡天喜地回家。但如果真的不放心，可以請麻醉師在場以備不時之需，也可以事先備妥吸氧器，換言之，如果不慎讓藥水或空氣進入血管，便可立刻將管子插入氣管輸送氧氣，普通病人沒那樣準備過，也照樣沒出過問題，不過博士說，聽說是老先生要接受注射，那麼這次會破例做好準備，因此不用擔心。

「您覺得呢？博士也說不會勉強您，如果沒意願的話，還是別做這種手術比較好，您還是自己再多考慮看看——」

上次那晚，被孫子意外弄哭的情景仍殘留心底，這時彷彿某種不祥的預兆浮現心頭。那晚之所以那樣落淚，果然還是因為萌生死亡的預感。我看似莽撞，實則甚為膽小向來小心謹慎，卻被佐佐木的說詞慫恿，起意接受那麼危險的注射，怎麼想都不太對勁。到頭來我的命運難道就是因注射失誤導致窒息而死嗎？

然而，我本來不是已打算隨時可死嗎？不是老早就有死去的覺悟了嗎？今年夏天在虎門醫院被告知有可能是頸椎癌時，陪同的老伴和佐佐木都臉色大變，可我卻泰然自若，連我自己都很意外自己居然能如此處變不驚，得知我的人生也即將結束時，反而如釋重負。既然如此，不如趁此機會試試自己的運氣也不壞，萬一運氣不好也沒啥好可惜的，與其這樣早晚飽受手痛的折磨，即使看著颯子的臉也了無樂趣，颯子也把我當成病人不肯認真正視我，這樣苟活在世又有何意義。想到颯子，我就覺得不如把命運交由上蒼安排，否則就算活著也沒意思。……

二十三日。依然疼痛。服用了安眠藥得理登，但才剛睡下就立刻醒來。只好請佐佐木替我打了一針鎮痛消炎劑薩普洛。

六點醒來繼續思考昨日的問題。

我向來無懼死亡，但，想到這一瞬間正面對死亡——想到死亡的剎那已逼近眼前——這種想法令我害怕。可以的話我希望就在這房間，安詳地躺在這張床上，在親朋好友環繞下，（不，親朋好友甚麼的還是別在場才好，尤其是颯子最好也不在，講「小颯，謝謝妳多年照顧」這種訣別詞只會更悲傷，想必又會落淚，屆時颯子礙於情面也不得不哭給大家看，那種場面想像起來實在太尷尬，死都無法瞑目，我寧願我死時她無情地徹底忘記我，只顧著狂熱地看拳擊賽，或是跳進泳池表演水上芭蕾，唉，要是我活不到明年夏天，就沒機會看到她在水中遨遊的曼妙身姿了。）但願我能如沉睡般死去，甚至不知自己到底是幾時死的。我可不想被抬去聽都沒聽說過的PQ醫院病床上，被從未見過的整形外科醫生（雖不知那到底是多麼偉大的博士）和麻醉師、放射科醫師包圍，煞有介事地折騰後，弄得差點窒息而死。光是被那種緊張氣氛包圍，搞不好就會死。呼吸困難猛喘大氣，逐漸人事不省，被迫插管時不知是甚麼心情。我不怕死，但我不想領教死亡伴隨的痛苦、緊張與恐懼。在那瞬間，七十年人生中累積的種種壞事想必會如走馬燈逐一浮現吧，啊，你老兄做過那種事，也做過這種事，如今還想安詳死去，未免想得太美了，你現在受苦是理所當然，活該——彷彿可以聽到這樣的聲音傳來。看來PQ醫院還是別去的好。……

今天是星期天。時陰時雨。我舉棋不定又和佐佐木商量。她說，「不如我明天星期一先去東大梶浦內科拜訪梶浦醫生，看醫生怎麼說，至於那位福島博士的說法也由我來詳細轉告醫生，徵求醫生的意見，如果醫生說應該接受那種注射就去打針，如果醫生說千萬不可冒險那就不去，您看這樣如何？」我說那就這麼辦吧。

二十四日。傍晚佐佐木歸來。據其報告，梶浦醫生表示他並不認識ＰＱ醫院的福島其人，且那並非他的專長因此沒資格論斷手術是否可行，但此人既是東大的博士，又在ＰＱ醫院任職，應該值得信任，想必不至於胡來或有甚麼陰謀，如果手術不成功，肯定也會做好萬全之策以免發生危險，所以不如信賴那位博士接受那種手術。我本來暗自希望梶浦醫師反對開刀，因為那樣我反而會比較輕鬆，但他既然贊成就沒法子了，看來我果真注定要冒這性命危險嗎？難道真的無法避免嗎？我一邊這麼思忖，又覺得或許還會有甚麼藉口阻止我開刀，最後終於勉強決定了。

二十五日。

「我聽佐佐木小姐說了，真的沒問題嗎？老爺子，我知道你很痛，但就算不開刀也會很快康復吧。」

老伴似乎非常擔心。

「就算手術失敗也死不了。」

「縱使沒死，如果陷入昏迷奄奄一息，那樣看了也教人難受啊。」

「與其這樣苟延殘喘，還不如乾脆死掉。」

我故作悲壯說。

「甚麼時候開刀？」

「醫院那邊說隨時都可以，但我想既然決定了就趁早解決，所以明天就去。」

「等一下，你就是這麼性急。」

老伴轉身才離開房間，隨即又拿著高島易斷[21]的曆書回來。

21 高島易斷，明治時代的算命師高島呑象創始的卜算易學。

「明天是先負[22]，後天是佛滅，二十八日是大安吉日，還是二十八日再開刀吧。」

「曆書那種東西根本靠不住，管他是不是佛滅日，還是趁早了事最好。」

明知老伴肯定會反對，我還是這麼說。

「不行，請你二十八日再去，那天我也會陪你去。」

「妳用不著去。」

「不行，我一定要去。」

「有老太太陪著一起去，我也比較安心。」

這時連佐佐木都幫腔。

⋯⋯⋯⋯

二十七日。今天是佛滅日。黃曆上註明「本日除搬家開店以外諸事不宜」。明天老伴、佐佐木、杉田醫師等人都會在下午二點陪我去PQ醫院，三點接受注射。

不巧今天也一早就痛得厲害，打了一針皮拉必塔爾。傍晚再次劇痛。用了栓劑諾布朗，晚間注射歐斯皮坦。這種藥是第一次用。不是嗎啡，但據說也是一種麻藥。幸好疼痛減緩得以安眠。今後數日無法執筆。日後再根據佐佐木病床日記補記。

二十八日。早上六點醒來。終於到了決定命運之日。心頭騷動不安，甚感亢奮。據說必須盡量保持安靜，因此始終躺臥寢室。早餐和午餐也都是送到床上。我說想吃中國菜的東坡肉，還被大家笑話。

「看您胃口這麼好我就放心了。」

佐佐木說。我當然不是真心想吃，只是為了沖淡緊張氣氛才這麼說罷了。午餐有濃牛奶一杯，吐司一片，西班牙煎蛋捲一份，美國蘋果一個，紅茶一杯。本以為去餐廳或許能見到颯子，可惜被制止：「您不能出房門。」我只好乖乖聽話。餐後

22 中國傳入日本的曆法，稱為六曜，顯示當天的運勢，分為六種吉凶，包括先勝、友引、先負、佛滅、大安、赤口。

午睡三十分鐘，果然輾轉難眠。

一點半杉田來了。簡單測量血壓做診察。二點出發。杉田右邊是我，我旁邊是老伴。佐佐木坐在司機旁。車子將要啟動時颯子的車也開出來了。

「咦，老爺子要出去？」颯子停車問。

「嗯，去ＰＱ醫院打個針。大概一小時就立刻回來。」

「老太太也一起去？」

「老太太怕自己有胃癌，所以說要順便去檢查一下，老太太就是神經質。」

「肯定只是神經緊張啦。」

「妳──」

我說到一半又改口。

「媳婦要去哪裡？」

「去有樂座劇院，那我走了。」

我這才驀然想到淋浴的季節已過，已經很久沒見過春久那小子了。

「這個月演甚麼?」

「卓別林的『大獨裁者』。」

她的車先一步絕塵而去。

我吩咐過今天開刀的事絕對不准說,因此颯子應該不知情。但老伴或佐佐木肯定告訴她了。她剛才八成是故意裝傻。而且說不定是特地等我出門時不動聲色地給我打氣加油。也可能是老伴這麼要求她的。總之不管怎樣,能看到她是樁好事。她最擅長裝傻,所以洋洋得意地照例出門去有樂座了——想到這都是老伴的貼心安排,我不禁分外感動。

我們準時抵達。立刻被送往某病房。門上掛有「卯木督助先生」的名牌。形式上今天要住院一天。我被抬上病人用的推車經過漫長的水泥走廊送往X光室。杉田、佐佐木護士乃至老伴都跟來了。老伴走得慢,為了追上推車氣喘吁吁。顧慮到檢查方便,我特地穿了和服來。老伴幫我把衣服脫個精光。躺在堅硬光滑的板子上,我被命令將身體彎成各種形狀。上方有貌似大型照相機的機器自天花板降下,配合我的姿勢從各種角度拍攝。對方是遠距離操作如此巨大複雜的機器，所以只要有一公釐誤差就會出錯，必須花不少時間調整才能對準拍攝對象。時值十月底，躺在冰冷的板子上有點冷，手也一直很痛，但不可思議的是，或許因為心情緊張，我竟未感到寒冷與疼痛。起初是朝左側臥，接著朝右側臥，然後仰臥，拍了背部、頸部各種角度。每次都需調整機器，相當麻煩。對方叫我在X光線掃過的剎那憋住呼吸。基本上和上次在虎門醫院做的相同。

之後我又被送回那間病房的床上。X光片顯影後底片還是濕的就直接送來了。

福島博士仔細觀察後說，

「那就開始注射吧。」

博士手上拿著已注入局部麻醉藥的針筒。

「麻煩你起身過來站好，那樣比較方便注射。」

「知道了。」

我下了床，特別勇敢地以堅定的腳步走向博士站的明亮窗口，和博士相向而立。

「那我現在要注射了，不會有任何疼痛請放心。」

「我一點也不擔心，請打針吧。」

「那我可以開始了吧。」

我感到針尖刺入頸部。搞甚麼，原來只是這樣，感覺上不痛不癢。八成臉色也沒變，身體也沒顫抖。連自己都知道自己很平靜。我之前想過「就算死了又怎樣」，結果壓根沒有會死的感覺。博士先試驗性地把針局部刺入再抽出。這不只限於局部麻醉時，不管注射甚麼，哪怕是注射維他命，為了避免藥液注入血管中，都會先在注射前抽出針尖，仔細檢查確認沒有混入血液，這已成了基本常識。謹慎的醫師必然不會疏忽這一點。福島博士在如此重大的場合當然也沒忽略這個步驟。頓時間，

「啊，這樣不行。」

博士一臉失望地說。

「過去我給病人打過很多次這種針，一次也沒有碰到血管，偏偏今天出問題。請看，這針上摻雜血液，大概是戳到哪裡的微血管了。」

「那麼，這下子怎麼辦？要重來一次嗎？」

「不，這種失誤的時候我想還是取消比較妥當，實在很抱歉，請你明天再來一次吧，明天一定不會失誤，我以前從來沒有失誤過。」

我有點安心，暗自撫胸慶幸今天逃過一劫。命運得以延長一天。但是想到明天，還不如現在立刻重來，是死是活一次決定。

「醫生也太小題大作了吧，只不過是那一點點出血，其實用不著那麼緊張，難道不能照常進行注射嗎？」佐佐木也悄聲說。

「不，這正是他了不起的地方，連麻醉師都找來做好了萬全準備，任誰都會想速戰速決，可他只因看見一滴血就慎重宣布要取消手術，這可不是一般人做得到的。能夠果斷取消，不得不說這位醫師實在很用心。當醫師的都該像他這麼用心才對。我學到寶貴的一課。」杉田說。

我們約好明天再來便匆匆打道回府。杉田在車上也頻頻對博士的態度讚賞不已，佐佐木一再說「其實應該拿出勇氣再試一次」。簡而言之博士過於慎重反而造成失誤，如果沒有預防萬一做那麼多事前準備，保持平常心看待說不定就成功了，壞就壞在博士自己神經過敏——二人在這點達成意見一致。

「要插進頸動脈旁邊很危險，所以我打從一開始就不贊成，明天乾脆也取消算了。」老伴說。

返家一看，颯子好像還沒回來。經助正在狗屋前和雷斯里玩耍。

我又在寢室吃消夜，被迫靜臥。手又開始痛了。

二十九日。今天也在和昨天相同的時間出發。同行者也全部相同。不幸的經過也和昨天一樣。今天同樣失誤扎到血管，針筒混入血液。由於已做好周全準備，博士甚感失望。我們反而對他深感抱歉。眾人商量後，既有此結果，雖然誠感遺憾，恐怕還是得暫時中止注射較妥。我實在不希望明天來了再次失誤，博士似乎也不想再試一次。這次我是真的安心了，如釋重負。

下午四點返家。壁龕的插花換過了。雁來紅與秋牡丹插在琅玕齋[23]做的籃子中。今天京都的插花老師大概來過。而這大概是颯子為我這糟老頭精心展示的吧。抑或這籃花也許是當成死者靈前的花特別用心插的？掛了許久無人聞問的荷風書法也換了。換成浪華逸民菅楯彥[24]的作品。畫面細長，畫的是亮著燈光的燈塔。楯彥習慣在畫中寫上漢詩或和歌，此作同樣寫了一首《萬葉集》的和歌。

吾心愛之人不知行旅何處，今日是否越過名張之山。

6

九日。PQ醫院之行已過十天。老伴說不打針也會慢慢好，果然好像真的比較舒服了。我一直靠新葛雷朗與賽得斯止痛，也許是時間自然到了，成藥居然也有點見效讓我深感不可思議。說來現實，既然如此我開始想去尋找墓地了。今年春天以來我就一直惦記此事，我決定乾脆趁此機會去京都一趟。……

十日。……

「才剛好一點就立刻往外跑，所以說老爺子真令人傷腦筋，就不能稍微觀望一陣子再說嗎？萬一在火車上又開始痛了怎麼辦。」

「已經大致沒問題了，今天都已經十一月十日了，如果再拖拖拉拉的，京都的冬天很快就到了。」

「那也犯不著非得在今年之內決定吧，何不等到明年春天再說？」

「這和別的事情不一樣，不能慢慢來，這說不定是我最後一次去京都了。」

「怎麼又講這種話——你打算帶誰去？」

23 飯塚琅玕齋（1890-1958），大正至昭和時代的竹工藝家。

24 菅楯彥（1878-1963），日本畫家，因喜愛大阪風俗，自號「浪華逸民」。

「就我和佐佐木去的話有點不安，叫颯子也陪我一起去吧。」

我去京都的主要目的其實是這個。尋找墓地毋寧是藉口。

「不住南禪寺那邊嗎？」

「帶著護士小姐住那裡會很麻煩。況且還有颯子在——颯子說她已經受夠在南禪寺那邊過夜了，唯獨這點絕對無法妥協。」

「反正不管怎樣，等颯子去了又會吵架。」

「如果打起來那才精彩呢。」

我與老伴如此對話。

「說到南禪寺，永觀堂的紅葉一定很漂亮，我不知已有多少年沒看過了。」

「永觀堂的紅葉還早呢，高尾山與槇尾的紅葉現在正是觀賞的時候，可惜我腳這樣已經去不成了。」

………

十二日。……我們搭乘第二木靈號於下午二點三十分出發。老伴和阿靜、野村送行。我打算坐靠窗的位子，颯子坐我旁邊，讓佐佐木坐走道另一邊，但車子啟動後颯子說窗邊的風太大，和我換位子，我只好改坐靠走道的位子。不巧手痛有點增強。我聲稱口渴叫服務生送茶來，趁颯子和佐佐木都沒發現，偷偷將特地為這種時候藏在口袋裡的二顆止痛藥扔進嘴裡。如果讓她倆知道了，事後肯定又要囉嗦半天。

臨出門前量血壓是一五四／九三，但上車後我暗自感到自己顯然亢奮過度。旁邊雖有電燈泡，但我終於在睽違數月之後得以和颯子並肩而坐，再加上颯子今天的服裝看起來異樣撩人，或許都是令我亢奮的原因。（她穿著色調樸素的正經套裝，可是襯衫很花俏，而且胸前垂掛五串法國製人工寶石項鍊。這種項鍊在國產品中也經常看到，但頸部背後的鎖扣鑲了各種寶石，這是國產品模仿不來的。）血壓高時會習慣性頻尿，想到會頻尿，血壓反而因此飆得更高，真不知何為因何為果。車子經過橫濱前上了一次，經過熱海又上了一次廁所。位子離廁所很遠，往往一路走得東倒西歪好不容易才抵達。佐佐木跟著也提心吊膽。排尿很費事，所以第二次時直到穿過丹那隧道都沒尿完。好不容易上完廁所出來一看已快到三島了。回座位時再次一路東倒西歪差點跌倒，情急之下抓住旁邊乘客的肩膀才站穩。

「您的血壓是不是又升高了？」

回到座位後佐佐木說。並且立刻靠過來想替我量脈搏。我氣憤地甩開她。

這樣一再重複，晚間八點三十分抵達京都。五子、菊太郎、京二郎都來到月台迎接我們。

「姊姊，讓你們都來了真不好意思。」

颯子很反常地說起客套話。

「沒事，明天是週日，大家都閒著。」

走出京都車站時必須爬很多座橋，對我是一大難關。

「外公，爬樓梯時我背您吧。」

菊太郎說著在我面前背對我蹲下。

「開玩笑，我還沒老到連路都走不動。」

我逞強說，讓佐佐木在後面推我。我硬著頭皮一口氣走上去，連轉角平台也沒停下歇腳，結果累得上氣不接下氣。大家都憂心地看著我。

「這次您要待幾天？」

「還不確定，起碼也要一星期吧。我之後會去妳家住一晚，不過今天先住在京都飯店。」

趁著女兒還沒開始嘮叨，我急忙上車。城山一家另乘一輛車隨後跟來飯店。

二張單人床的房間與一張單人床的房間緊鄰。是我事前特地這麼預約的。

「佐佐木小姐，妳睡隔壁房間，我和小颯睡這間。」

我故意在五子他們面前用「小颯」這種稱呼。五子面露異色。

「我要一個人睡，老爺子和佐佐木小姐睡一間吧。」

「為什麼，妳陪我一起睡不行嗎？在東京時不也經常這樣。」

我故意這樣說給五子聽。

「佐佐木小姐就睡在隔壁，不管有甚麼事都可以放心，好不好，小颯妳就睡這間嘛。」

「這樣我就不能抽菸，不太方便。」

「妳抽妳的菸沒關係，愛怎麼抽就怎麼抽。」

「那樣會被佐佐木小姐罵。」

「您不是咳得很厲害嗎？」

這時佐佐木也接腔說。

「如果有人在旁邊抽菸，會咳得停不下來喔。」

「服務員，幫我把那個行李箱送進這個房間。」

颯子說著逕自走進隔壁房間去了。

「您的手已經完全康復了嗎？」

一來就被嚇得目瞪口呆的五子，這時總算插上話。

「怎麼可能康復，現在都還一直發疼呢。」

「哎喲，這樣子啊，媽信上還說您的病已經好了呢。」

「是我這樣告訴妳媽的，否則她不肯讓我出門。」

颯子脫下風衣，立刻換上襯衫改掛三串珍珠項鍊，重新化妝後出來。

「我肚子餓了，老爺子，我們快去餐廳吧。」

五子他們說已經吃過了，因此只有我們三人用餐。我替颯子開了一瓶葡萄酒。她愛吃生蠔，說這裡供應的是的矢灣牡蠣安全無虞，當下大快朵頤。餐後與五子他們在飯店大廳閒聊一小時左右。

「餐後抽根菸應該沒關係吧？佐佐木小姐，這裡不是那種密閉空間。」

颯子說著從手提包取出一根她常抽的涼菸。她以往都是直接叼在嘴裡，可是今天難得用了煙嘴。是細長的火紅色煙嘴。而且為了搭配煙嘴的顏色，還事先將指甲染得比平時更紅。唇膏也是。襯得手指格外雪白。也許她的目的就是刻意在五子面前展現紅與白的對比。

十三日。上午十點去南禪寺下河原町的城山家。颯子與佐佐木同行。這據說是我第二次來城山家，但第一次來訪是甚麼時候我完全不記得了。城山家本來住在吉田山，我記得當時兩家經常來往，家主桑造過世後，家屬搬遷至此處，就少有機會造訪了。今天是週日，任職百貨公司的菊太郎不在家，但就讀京大工科的京二郎在家。颯子說陪老爺子找墓地很無聊，她想去四條通的「桐畑」女裝精品店或高島屋百貨購物，下午再去高雄那邊看紅葉，但她說一個人去沒意思，不知有沒有人可以當導遊。京二郎說這個任務比找墓地簡單，他願意帶路導覽。雙方議定之後，颯子與京二郎先行出發。我與五子、佐佐木三人吃了瓢亭的半月便當當午餐，決定先從鹿谷的法然院開始，再去黑谷的真如堂、一乘寺的曼殊院一帶兜風。晚間在嵯峨的吉兆用餐，颯子二人及菊太郎也會前來共進晚餐。

我的祖先以前是江州商人，四、五代前才開始定居江戶東京，我也是在本所下水道一帶出生，算是道地的江戶人，但我覺得近來的東京很無趣。相較之下京都更能讓人想起昔日的東京，反而讓人有種緬懷之情。現在的東京到底是誰搞成這樣膚淺混亂的都市，不就是那些鄉巴佬、庶民出身的草包、不懂傳統東京之美還自稱政治家的蠢蛋幹的好事嗎。日本橋、鎧橋、築地橋、柳橋這些曾經清澈的河流，就是被這些傢伙搞成了黑水溝。就是這些不知隅田川昔日曾有日本銀魚悠游的傢伙幹的。死後被埋在何處或許都無所謂，但現在的東京令人不快，我可不想埋骨在與自己毫無淵源的土地。可以的話我甚至想把祖父母和父母的墳墓都搬到東京以外的地方。就連祖父母與父母，如今也不是埋在最初下葬的地方。祖父母的墳墓原本在深川的小名木川附近的法華寺，不久那一帶變成工廠區，法華寺遷至淺草的龍泉寺町，後來那裡因大地震焚毀，於是才遷移到現在的多磨墓地。所以死者生前雖住在東京，骨灰卻始終被迫四處漂泊。就這點而言，京都怎麼說都最安全。雖說祖先代代是江戶人，但五、六代之前就不清楚了。我猜想家中很早很早之前的祖先八成來自京都一帶。總之如果能埋在京都，東京的家人也能常來遊玩。說不定路過時想起「啊，老爺子的墳墓好像就在這裡來著」還會給我上一炷香。這樣遠比葬在和江戶人毫無淵源的北多摩郡多磨墓地好得多。

「就這個角度而言法然院想必最適當吧。」

五子走下曼殊院的階梯說。

「如果選曼殊院，散步要順便上香就太遠了，選黑谷的話除非專程掃墓也不可能走到那坡上。」

「我也這麼覺得。」

「選法然院的話就在市中心，電車直接經過旁邊，疏水道的櫻花盛開時更加熱鬧，可是只要走進寺內一步便有曲徑通幽，心情自然會平靜下來，我認為那裡是最好的選擇。」

「我也討厭法華寺，所以改入淨土宗也行，不過可以分到墓地嗎？」

「我也時常去法然院散步，與和尚很熟，所以上次我問過了，人家說如果我們想要的話可以分一塊墓地給我們，而且不限淨土宗信徒，日蓮宗也沒問題。」

尋找墓地之旅到此中止，從大德寺去北野，自御室經釋迦堂前、天龍寺前抵達吉兆餐廳，時間尚早，颯子二人與菊太郎都還沒來。我先在別的房間休息。之後菊太郎先抵達。接著六點半過後颯子二人也到了。她說是先回京都飯店才過來的。

「你們等很久？」

「等很久了。妳回飯店做甚麼？」

「我看好像會變冷所以回去換衣服，老爺子也得小心保暖，否則會感冒喔。」

八成是想立刻穿上在四條通買的新衣服，只見她穿著白色襯衫，藍色綴有銀線刺繡的毛衣。戒指也換過了，不知她怎麼想的居然戴上那枚引起爭議的貓眼石戒指。

「墓地找好了嗎？」

「基本上決定選法然院，寺方也同意了。」

「那真是太好了，那我們甚麼時候回東京？」

「說甚麼傻話，接下來還要請寺裡的石匠來，針對墳墓樣式好好討論才行，怎麼可能這麼輕易決定。」

「老爺子不是經常翻閱川勝[25]先生的石造美術書籍嗎？記得您還說過墳墓做成五輪塔[26]最好。」

「我現在想法又有點改變，我覺得不一定要做成五輪塔。」

「我完全不懂到底哪種好，不過反正這也和我無關。」

「那可不是喔，和颯颯──」

我說到一半連忙改口，

「和媳婦妳大有關係。」

「和我有甚麼關係？」

「妳很快就會知道有何關係。」

「總之我想趕快決定趕快回東京。」

「妳幹嘛急著回去？要看拳擊？」

「算是吧。」

五子、菊太郎、京二郎、佐佐木四人的視線不期然聚集在颯子的左手無名指上。颯子泰然自若絲毫不覺心虛。任由貓眼石在膝上燦然發光，她就這麼側坐在坐墊上。

「舅媽，那是貓眼石吧？」

也許是覺得氣氛太沉悶，菊太郎突然開口。

「對，沒錯。」

「那種石頭一顆就要好幾百萬吧？」

「甚麼那種石頭，真沒禮貌，這顆三百萬。」

「能夠讓外公掏出三百萬圓，舅媽真厲害。」

「菊太郎，拜託你不要喊我『舅媽』。你也不是小孩子了，沒資格把我當成七老八十的舅媽，你明明只和我差兩三歲而已。」

「不然我該怎麼喊？就算只差三歲，舅媽還是舅媽。」

25 川勝政太郎（1905-1978），考古學家、美術史學家。對石造美術有深入研究。

26 五輪塔，作為墓石的石塔，共五層，自下而上分別象徵地輪、水輪、火輪、風輪、空輪。

「別喊我『舅媽』了，直接喊『小颯』吧，小菊小京都得這樣喊我喔，否則我可不會理你們。」

「舅媽——糟糕又喊出『舅媽』了——您或許覺得這樣比較好，但淨吉舅舅會生氣吧？」

「淨吉有甚麼好生氣的，他敢生氣的話我也要生氣。」

「老爺子喊『小颯』沒關係，但是讓我家小孩也這麼喊不好吧，不然雙方各讓一步就喊『颯子姐』如何？我看那樣最好。」五子苦著臉說。

晚餐時除了被嚴禁喝酒的我、酒量不佳的五子、以及應該能喝一點卻很自律的佐佐木以外，颯子與菊太郎兄弟都喝得很暢快，直到快九點才吃完飯。颯子獨自把五子母子送回南禪寺再回飯店，我和佐佐木因為天色已晚，就住在吉兆。

十四日。早上八點起床。叫了釋迦堂旁的嵯峨豆腐吃早餐。用塑膠袋另外打包了一份豆腐，十點約五子去法然院。颯子說今天已打電話到花見小路的茶屋，邀了兩三個今年夏天和春久一起時結為好友的祇園藝妓共進午餐，之後還要去京極的S．Y．京映看電影，晚上一起去舞廳跳舞。我在五子的介紹下會見法然院的住持，對方立刻帶我去看可供選擇的墓地。法然院境內幽深果然如五子所言，之前我也拄杖來過兩三次，但我還是很驚訝此處居然是大都會的市區。光是能夠接觸到這種景觀，就已和五味雜陳烏煙瘴氣的東京有天壤之別。我很慶幸選擇了此處。回程五子陪我在懷石料理店「丹熊」的吧台前用餐，二點左右返回飯店。三點住持找的石匠來飯店。在大廳會晤。五子與佐佐木陪同。

關於墓碑的樣式，我想了很多方案，迄今拿不定主意該選哪一種。雖然死後葬在甚麼形狀的石頭下都沒差別，但我還是很在意。不能馬馬虎虎隨便葬在甚麼石頭下。至少現今一般人使用的長方形扁平石碑的表面寫有死者戒名及俗名固定在石座上，前方鑿有孔洞讓人上香及上供的形式未免太平凡太庸俗，事事愛唱反調的我並不滿意。採用和父母和祖父母的墓碑不同的形式雖有點抱歉，但我就是想做成五輪塔。而且不一定得是那種古老的形式。採用鎌倉後期的形式我就滿足了。比方說伏見區竹田內畑町的安樂壽院五輪塔，水輪的下方細長的壺形，火輪的飛簷厚實，屋頂的斜度和風輪、空輪的形狀都是從鎌倉中期演變至後期石的代表性遺作，川勝政太郎描述的作品或許就是那個。要不然就是綴喜郡宇治田原村禪定寺的五輪塔，據說是吉野時代的典型遺作，這種樣式似乎在南方的大和文化圈流行過，我認為也不壞。

不過，這時我又萌生另一個想法。看川勝的著作，上京區千本上立賣街北的石像寺有阿彌陀三尊石佛，中央是定印彌陀坐像，右邊是觀音，左邊有勢至，二尊立像分侍左右，書中分別刊載了這三尊的照片。從彌陀坐像到觀世音菩薩及勢至菩薩的立像都很美。觀世音有點破損，但勢至像保存得很完整。勢至和觀世音的衣飾相同，從正面的寶冠到瓔珞、天衣、光環等等都雕刻得非常細緻，寶冠正面有寶瓶，雙手合十而立。書中記載：「能夠展現花崗岩石佛之美如此石佛甚罕見。（中略）中尊背後刻有元仁二年（一二二五）造立開眼的字樣。像這樣用一塊石頭就完整雕出一尊石佛乃至台座與周身光環，放眼全國當屬年代最早，同時也可從其看出鎌倉時代石佛樣式的基準，堪稱珍貴遺作。」但我看著這張照片忽然靈機一動。能不能把颯子的外貌刻成菩薩像模擬觀音或勢至，作為我的墓碑呢？反正我不信神佛，毫無宗教信仰，若說我心中有神明，那也只能是颯子女神。能夠埋在颯子的立像下我死而無憾。

但唯一的問題就是如何實行。不能讓擔任模特兒的颯子本人或淨吉、老伴乃至任何人發現是用誰當模特兒。因此，不能雕刻得過於酷似颯子的容貌，最好只能隱約感到是她。石材方面我決定不用花崗岩，改用軟質的松香石。並且盡量讓線條不會過於鮮明，呈現朦朧的效果。最好能讓其他人毫無所覺，只有我一人，就只有我一人能夠察覺。我認為那並非不可能。但麻煩的是不可能不讓製作立像的雕刻家知道模特兒是誰。那麼，我到底該委託誰來製作才好？究竟有誰能夠接下這份工作？這絕非平庸工匠的技術能夠輕易做到的，不幸的是我一個雕刻家也不認識。縱使認識這樣的朋友，且此人也擁有優秀的技術，但那人一旦知道我是基於何種目的委託製作，還會爽快的答應嗎？真的會有人欣然替我實現這種看似褻瀆神佛的瘋狂構想嗎？此人越是優秀的藝術家，就越不可能同意吧。（更何況我也沒勇氣那樣厚著臉皮委託如此可恥的事情。光是讓人以為我這個老頭發瘋就已夠尷尬了。）

我想到這裡就被卡住，驀然察覺一個或許行得通的方法。說穿了，在石頭表面深雕菩薩像需要專業技術，但若是淺淺的線雕，一般工匠在某種程度上也做得到。關於這點，川勝的著作中也提及上京區紫野今宮町的今宮神社線雕四面石佛。「用大約二尺見方的加茂川拔石這種質地細密的硬砂岩，四面皆以線雕雕刻四方佛，雕刻方法乃鑿雕云云」，又言：「平安後期天治二年（一一二五）開始打造，在我國石佛中是屈指可數的古紀年遺品」，四面雕刻的四方佛分別是阿彌陀如來、釋迦如來、藥師如來、彌勒菩薩的坐像拓本。除此之外書中也刊載了蜻蛉石線雕阿彌陀三尊石佛之一的勢至菩薩坐像拓本。「在高聳的硬砂岩自然石三面線雕的這三尊佛像，如本文插圖所示呈現來迎形式，此處刊出的是其中保存最完整、佛容比較清晰的勢至像。隨侍在來迎的彌陀像旁，駕雲從天上傾身面向下界的姿態優美。跪地膜拜、天衣隨風飄揚的模樣，醞釀出來迎藝術[27]盛行的平安末期氛圍。」如來坐像皆為男性結跏趺坐，這尊勢至菩薩卻像女性那樣併攏雙膝而坐。我深深被這尊菩薩像吸引。……

十五日。繼續昨日內容。

我不需要四面佛。只要勢至菩薩一面佛足矣。因此也不須正方形的碑石。只要正面能雕刻菩薩，擁有適當厚度的石頭即可。背面刻上我的俗名，如有必要再加上戒名及享年。我對鑿雕這種雕刻方法並不清楚。兒時去逛廟會，路旁經常有賣護身符的攤子。黃銅護身符的表面用鑿子吱吱作響地刻上小孩的住址年齡姓名。刻好之後寫上細字。所謂的鑿大概就是指那個。若是用那方法應該不太困難。不僅如此，也可以讓工匠在不知模特兒是誰的情況下雕刻。我先找奈良地區有繪畫天分的佛像工匠，仿照今宮神社的四面佛，描摹線雕的勢至菩薩像。然後把颯子擺出各種姿勢

27 來迎藝術，來迎是佛教用語，指佛陀或菩薩自西方淨土駕雲前來迎接臨終者。日本創造了大量的來迎圖，反映出平安時代宮廷貴族的理想。

展現容貌與身形的照片給工匠看，菩薩的臉孔、胴體及四肢就大致比照她的樣子畫。再把畫好的圖給鑿師看，命其照圖線雕。這樣就不愁被任何人發現我心中的祕密，可以做出理想中的石佛。我便可躺在颯子菩薩像下，在頭戴寶冠胸掛瓔珞，天衣隨風飄揚的颯子石像底下長眠。

我和石匠在五子與佐佐木的陪同下，在飯店大廳從三點談到五點左右。我當然沒讓石匠及五子等人發現要用颯子當模特兒。只不過是賣弄我從川勝的著作學來的石像美術方面的知識。雖然我高談闊論平安朝及鎌倉時代的五輪塔相關知識、今宮神社的四面佛如來像與菩薩像的線雕、雙膝併攏而做的蜻蛉石線雕勢至菩薩的知識等等，讓他們大吃一驚，但是關於颯子菩薩的計畫我深藏心底，始終沒洩漏給任何人。

「那麼最後到底決定要用哪種墓碑形式呢？您擁有專家都望塵莫及的豐富知識，所以敝店也提不出甚麼好建議。」

「我自己也還沒拿定主意。現在又有了一點新的靈感，就讓我再考慮個兩三天吧。等我想好了再請你來一趟。不好意思，在你百忙之中耽誤你這麼久時間——」
石匠走後，五子也走了。我回到飯店房間叫人來按摩。
晚餐後，我忽然心生一念，叫車子外出。
「這麼晚了還要出門？晚上太冷了還是明天再去吧？」
佐佐木吃驚地制止我。
「不，地方不遠。走路就能到。」
「您要走路簡直是開玩笑，出發之前老太太再三吩咐過，京都夜晚很冷千萬要讓您多小心。」
「我有樣東西非買不可，不然妳也陪我一起去吧，只要五分鐘至十分鐘就能解決。」
我不顧一切堅持出門，佐佐木只好慌慌張張隨後追來。我要去的地方是河原町二條東的筆墨商竹翠軒。出了飯店不用五分鐘就到。在店內坐下和舊識的老闆寒暄，買了一塊中國製的頂級朱墨，約小指頭大就花了二千圓。另外又用一萬圓買下據說是已故桑野鐵城[28]擁有的紫斑紋端溪硯一塊，鑲金邊的白色唐紙[29]二十張。

「好久不見，您還是精神很好啊。」

「哪裡，一點也不好，這次就是來京都替自己找塊墓地，甚麼時候死都無所謂了。」

「您別開玩笑了，看您這氣勢還老當益壯呢。——對了，您今天還有甚麼別的事情嗎？要不要欣賞一下鄭板橋的書法？」

「先不提那個，倒是有個不情之請想冒昧拜託，如果有的話請賣給我。」

「是甚麼東西？」

「我想買二尺紅色絹布，一團棉被用的棉花。」

「您這要求真奇怪，到底要用來做甚麼？」

「我臨時需要製作拓本，要用那個做棉球。」

「原來如此，我懂了，是要做棉球啊。那我這兒應該有，我現在就叫內人去找找。」

過了兩三分鐘後，老闆娘從裡屋送來紅色絹布和棉花。

「這種您看行不行？」

「很好，很好，這樣立刻能派上用場。多少錢？」

「這哪能收您的錢，只要您覺得可以，要多少都沒問題。」

佐佐木似乎完全猜不出我要拿來做甚麼，看得目瞪口呆。

「好了，這下子事情辦完了，我們回去吧。」

我立刻坐上車。

颯子還沒回飯店。

十六日。今天整天在飯店休息。出來這四天，是近來少有的活動量，而且還要抽空寫麻煩的日記，因此我自己亦需要調養生息，今天也給佐佐木放假一天。佐佐

28 桑野鐵城（1864-1938），桑名鐵城，近代日本的篆刻家。

29 唐紙，平安時代自中國唐朝傳入日本的加工紙，被上流貴族用來寫信或詩歌。

木生於琦玉縣，從未到關西旅行。所以這次的京都之行她早就滿懷期待，要求我在停留京都期間給她一天假期去奈良觀光。我也有我的盤算，特地選今天給她放假。並且命五子帶路陪佐佐木去觀光。因為五子也有一段時間沒去過奈良了，我勸她不如趁此機會一遊。五子凡事都想太多，並不太喜歡出門。以前桑造在世時，他們夫妻倆也難得出門旅行。我勸她不妨至少去參觀一下奈良的寺院，尤其這次我將來的埋骨之處既已選定，肯定有參考的價值。我還替五子租了一天車子，這樣他們去奈良的途中還可參觀宇治的平等院，之後若要再去東大寺、新藥師寺、西京的法華寺、藥師寺，就一天的行程而言有點趕，恐怕每處都只能蜻蜓點水，但是他們可以帶著壽司便當一大早就出發，中午參觀完東大寺在大佛前的茶屋吃便當，然後再去新藥師寺、法華寺、藥師寺等處。如今白天短，得趁著天黑之前看完，之後不如在奈良飯店吃完晚餐再回來。我還告訴他們，只要今天之內回來，晚一點也沒關係，用不著擔心我。反正今天颯子負責留守，整天都不會外出，她會待在我的房間陪我。

早上七點五子坐車來接佐佐木。

「早安，老爺子總是這麼早起呢。」

她說著，解開包袱巾，取出二條竹葉包裹放在邊桌上。

「我昨天先買了狼牙鱔壽司，順便送來。您和小颯二人就當早餐吃吧。」

「這倒是不錯。」

「另外還有沒有甚麼需要我在奈良買的？要不要吃蕨餅？」

「不需要，如果有去藥師寺，別忘了去佛足石拜拜。」

「佛足石？」

「嗯，對。刻有佛腳的石頭。據說釋迦菩薩的腳很靈驗，行走時腳離地十二公分，腳底有千幅輪相顯現於地面。腳下各種蟲蟻也可保七日之內不受危害。中國和朝鮮都保存了刻有那個腳形的石頭，日本則是在奈良的藥師寺。妳一定要記得去參拜。」

「我知道了。那我們走了。今天佐佐木小姐就交給我，老爺子也不要逞強。」

「早。」

這時颯子揉著惺忪睡眼從隔壁房間進來。

「少奶奶，今天真是不好意思，把您給吵醒了，我真該罰。」

佐佐木一邊頻頻特別文雅地致歉一邊和五子走了。

颯子睡衣外面穿著鋪棉的藍色睡袍，同色緞面點綴粉紅碎花的拖鞋。她對佐佐木睡過的床鋪不屑一顧，逕自往沙發一躺，拿我出門專用的白底黑紅藍格紋小毯子蓋著腿，從她自己的房間拿來枕頭繼續睡。她仰臥著，高鼻樑對著天花板，閉著眼完全沒跟我講話。不知是昨晚跳舞回來太晚了沒睡飽，還是怕我找她嘮叨所以裝睡。

我起床洗完臉，叫人送來日本茶配壽司。吃了三塊，對早餐而言已足夠。吃的時候我小心翼翼深怕吵醒颯子。等我吃完颯子還在睡。

我取出從竹翠軒買來的硯台放在桌上，緩緩磨朱墨。一支朱墨先磨了一半。接著把棉絮撕開揉成大的有六、七公分，小的約二公分的圓球，用紅布包裹成棉團。

大小棉球各兩個，正好四個。

「老爺子，我可以出去三十分鐘嗎？我想去餐廳一下。」

不知幾時颯子好像醒了。坐在沙發上從睡袍之間露出兩個膝蓋。讓我想起勢至菩薩的姿態。

「用不著去餐廳吧，這裡還剩了這麼多壽司，妳就在這吃這個吧。」

「噢，那好吧。」

「自從上次去『濱作』吃飯之後就沒和妳一起吃過壽司。」

「是啊——老爺子，您打從剛才就在忙甚麼？」

「沒甚麼，一點小事。」

「磨墨要做甚麼？」

「這妳用不著多問，快吃壽司吧。」

年輕時漫不經心看過的東西，誰也不知會在甚麼時候派上用場。我曾去中國漫遊兩三次，不只是中國，去日本各地旅行時，也曾偶然見人站在野外製作拓本。中國人的拓印技術甚為熟練，即便在狂風中也泰然自若拿刷子沾水，在碑面鋪上白紙從旁啪啪拍打。照樣能做出漂亮的拓本。日本人則是細心、神經質、慎重其事地用大大小小的棉球沾墨汁或墨泥，仔細地一一拓下細緻的線條。有時用的是黑墨或黑泥，也有時是朱墨或朱泥。我覺得這種朱色拓本極美。

「我吃飽了，好久沒吃到這種美食。」

趁颯子喝茶時，我慢條斯理開口：

「這裡的這種棉團，叫做棉球。」

「這是做甚麼用的？」

「用這個沾墨汁或朱色，啪啪拍打石頭表面拓印，我很喜歡製作朱色拓本。」

「這裡沒有石頭吧？」

「今天不用石頭，要用別的東西代替石頭。」

「甚麼東西？」

「用妳的腳底。並且在那邊的白紙上用朱墨拓印妳的腳底拓本。」

「做那種東西幹甚麼？」

「我要根據妳的那個腳印製作佛足石。等我死了就埋骨在那石頭下。這才是真正的極樂往生。」

7

十七日。繼續昨日的內容。

起初，我並不打算告訴颯子我為何要做她的腳底拓本。我本來想，我打算讓人用她的腳底拓本雕刻佛足石，死後埋骨在那石頭下，作為我卯木督助的墳墓之計畫最好連她都不知情。但我昨天忽然改變心意，覺得還是告訴她比較好。那是為什麼呢？為何要對颯子表明心跡？

第一個理由，就是我想看我表明之後，她會露出甚麼表情，陷入何種心理狀態。其次，我想知道當她知道之後，看到自己的朱色腳印拓印在白紙上時，她會做何感想。向來以腳自傲的她，如果看到自己的腳堪與佛足媲美，在紙上拓下朱印，肯定會喜不自勝吧。我想看她那一刻的喜悅神情。雖然她嘴上肯定會說這是「瘋狂之舉」，可是心裡還不知有多高興呢。再者，不久的將來我死後，她必然會認為「那個蠢老頭長眠在我這美麗的腳下，我現在仍把那可憐的老人骨灰踩在地底下」。屆時她想必會感到有點痛快，但噁心的感覺或許更強烈。不過，就算因為太噁心想忘記，恐怕也終生難以抹去那段記憶。我在世時對她盲目溺愛，但是死後若想稍微扳回一城，除此之外也別無他法了。人一旦死了想必也不再有思考那種事的意識。可我就是不相信。雖然理論上肉體如果消失了意識也會消失，但也不盡然。比方說也許我的部分意識轉移到她的意識中存活。當她踩著石頭，感到「我現在把那糟老頭的骨灰踩在地下」時，我的靈魂或許也在某處存活，感覺到她全身的重量，會痛，能夠感受她腳底皮膚的光滑柔嫩。就算死了我照樣能感受。不可能感受不到。同樣的，颯子也會感到我在地下無比歡喜的靈魂。甚至或許能聽見骨頭與骨頭在土中喀喀作響，互相打架，大笑，說話，摩擦的聲音。不只是她實際踩在石頭時。只要想到有塊佛足石是用自己的腳當模特兒製成，她就會聽見骨頭在那石頭底下哭泣。哭喊著「好痛，好痛」，哭叫著「雖然痛卻很快樂，快樂無比，遠比活著時更快樂」，吶喊著「再用力一點踩我，多踩我幾下」。……

之前當我說「今天不用石頭，用別的東西代替石頭」時，她問我「要用甚麼東西」。對此我回答：

「用妳的腳底。並且在那邊的白紙上用朱墨拓印妳的腳底拓本。」

她如果真的為此不高興，現在應該有不同的表情才對。然而她只是說：

「做那個要幹甚麼？」

即便知道我要用她的腳印拓本製作佛足石，而且等我死後要埋骨在那石頭下，她也沒甚麼特別的意見。因此我認為颯子不僅不反對，甚至還有點等著看好戲的味道。幸好我的房間附有和室，那間和室鋪了八張榻榻米。為了不弄髒和室，我命服務員送來二條大床單。然後將二張床單重疊鋪在榻榻米上。朱墨硯台毛筆也用托盤拿來。接著把颯子放在沙發上的枕頭也拿來放在適當位置。

「來吧小颯，一點也不麻煩，妳就直接過來仰臥在這床單上就好。剩下的工作交給我。」

「就這樣就好？我的衣服不會沾上朱墨？」

「絕對不會沾到衣服，朱墨只塗在妳的腳底。」

她依言躺下。仰臥著規矩併攏雙腿，把腳稍微翹起，好讓我清楚看見腳底。

等我做好這些準備時，先拿棉球浸滿朱墨。然後再用它拍打第二個棉球讓朱色變淡。我把她的雙腳分開約八、九公分，拿第二個棉球從右腳腳底開始小心翼翼拍打。盡量讓皮膚每道紋理都能清楚分辨。

從腳底隆起的部位移向凹陷的腳底心時，銜接處很難拓印。我的左手行動不便，因此無法揮灑自如更添困難。雖然我保證「絕對不會沾到衣服，只塗在腳底」，卻一再失敗弄髒她的腳背和睡衣下襬。但一再失敗頻頻拿毛巾替她擦腳背和腳底再重塗的過程，也讓我無比愉快。我很興奮。一次次重來也不知厭倦。

終於將兩腳滿意地塗完。先把她的右腳稍微抬起，放在底下的白紙上，印下腳底的樣子。試了幾次始終不理想，做不出我期望中的拓本。二十張白紙全都糟蹋了。我打電話給竹翠軒，讓對方立刻再送四十張白紙過來。這次我換個方法，把腳底的朱墨全部洗去，連腳趾縫都一一擦拭，讓她起身坐在椅子上，我仰臥在她腳下，忍著彆扭的姿勢輕拍腳底，讓她的雙腳踩在白紙上捺印。……

………

如果按照起初的預定，我會趕在五子和佐佐木回來前完成工作，把弄髒的床單交給服務員，幾十張腳底拓本先交給竹翠軒保管，把房間打掃乾淨恢復原狀，再裝出若無其事的樣子。可惜事情沒我想的那麼好。五子他們意外提早在九點之前就回來了。我聽到敲門聲，還來不及回應，他們就已開門進來了。颯子立刻躲進浴室。和室散落著無數朱墨與白色斑點。她倆茫然地面面相覷。佐佐木默默替我量血壓。

「飆到二百三十二了。」

她神色凝重說。……

…………

十七日早上，我在上午十一點左右才得知颯子已不告而別自行返回東京。早餐時沒在餐廳看見她，因為愛賴床的她經常如此，我以為她還在睡。不料那時她已雇車奔向伊丹機場。十一點左右，五子來我房間通知，

「出了點麻煩。」

「妳是甚麼時候知道的？」

「就剛剛。我本來是想來問她，今天要叫我兒子陪她去哪玩，沒想到飯店櫃檯人員突然告訴我，『卯木太太剛才獨自去伊丹了。』」

「胡說，妳肯定早就知道了。」

「哪有，我怎麼可能知道。」

「妳還有臉說，騙子，妳們肯定是串通好了。」

「不是，真的沒有，我剛剛到了飯店才聽說的，櫃台人員說，『就在不久前，卯木太太表示，已決定瞞著公公先行搭日航返家，並且要求在她抵達伊丹之前絕對不能向任何人透漏此事。』我也嚇了一跳。」

「妳說謊，騙子，一定是妳惹惱颯子故意氣走她的。妳和陸子從小就擅長搧風點火騙人。可惜我一時大意居然忘了這點。」

「太過分了！您這是甚麼話！」

「佐佐木小姐。」

「是。」

「是甚麼是，妳八成也從五子那裡聽說了吧，妳們合夥騙我這個老頭子，你們都把颯子當成眼中釘。」

「您這樣想不是讓佐佐木小姐為難嗎。佐佐木小姐妳暫時先去大廳吧，正好趁這機會，我跟老爺子解釋清楚，反正都被罵成騙子了，我也要一吐為快。」

「老爺血壓高，請您適可而止——」

「好好好，我知道。」

五子說的內容大致如下——

她說我指控她故意氣走颯子，完全是無憑無據冤枉人。據她猜想，颯子之所以不告而別，八成是有甚麼必須盡快趕回東京的理由。她還格外執拗地挖苦我：「我是不清楚那個理由，但您應該心裡有數吧。」

我回答說，不只是我知道她和春久交情不錯，她自己也公然宣稱，而且淨吉也知道。事到如今堪稱無人不知。但，就算如此，也無法證明二人之間有曖昧關係，更何況也沒人會相信這種事。

我這麼一說，五子露出詭異的笑容說，「真的沒人會相信嗎？」然後她又說，「有句話我不知該不該說，但我認為淨吉的心態也有點奇怪，就算颯子和春久先生真有曖昧關係，淨吉八成也打算視而不見，縱容妻子出軌吧？我總覺得淨吉除了颯子也有別的女人，當然對颯子與春久先生，內心——不，不只是內心，想必彼此對這點都已明確達成諒解吧——」五子說到這裡的瞬間，我心中洶湧沸騰對她這種女人難以言喻的憤懣與憎惡。我差點就要破口大罵了，但我怕怒吼會導致動脈破裂，因此勉強忍住。即使坐在椅子上，我也兩眼發黑幾乎昏倒。五子看到我的臉色大變，嚇得臉都白了。

「那個話題，到此為止，妳給我滾。」

我只能盡量壓低聲音顫抖著說。我為何如此動怒？是因為意想不到的祕密被她無意間揭穿，還是自己也早就有所察覺，只是死要面子強裝不知，卻被這個老狐狸突如其來戳穿所以惱羞成怒？

五子已經不在房間了。昨天一整天強撐病體活動量過大，導致頸部周圍和肩膀、腰部等處劇痛，昨晚也整夜無法安眠，所以又吃了三顆阿達林和三顆阿特拉奇辛，叫佐佐木替我在後背及肩膀、腰部貼上撒隆巴斯才鑽進被窩。可我還是睡不著，本想讓她替我注射魯米納爾，又怕睡過頭只好作罷。但我決定搭乘下午的班車尾隨颯子回東京，委託每日新聞分社的友人臨時弄到車票。（我沒搭過飛機。）佐佐木強烈反對，甚至快哭出來似地懇求我，血壓這麼高的時候絕對不可旅行，至少得靜臥三、四天，待血壓穩定之後再出發，但我充耳不聞。五子來道過歉，還主動表示要陪我一起回東京。我說看到她就生氣，如果她非要跟來就去另一節車廂。……

十八日。

搭乘昨日下午三點二分京都發車的第二木靈號。我與佐佐木在一等車廂，五子在二等。九點抵東京。老伴、陸子、淨吉、颯子四人來月台迎接。不知是認為我行走困難還是不想讓我走路，還有擔架車在一旁等候。五子這傢伙肯定打電話事先交代過了。

「這是搞甚麼，莫名其妙！我又不是鳩山先生[30]。」

我任性地發脾氣搞得眾人束手無策，這時右手突然感到另一隻柔嫩的手。是颯子拉起我的手。

「老爺子，你就聽我的吧。」

我當下不吭聲了。

擔架車立刻出動，搭電梯到地下道，喀拉喀拉穿過漫長晦暗的甬道。眾人絡繹跟在後面，但車子跑得快，他們要追上很吃力。老伴最後走散了，淨吉只好回頭去找人。我很驚訝東京車站的地下道竟有如此寬敞繁雜的岔路。走出地面是丸之內這邊接近中央口的特別通道外的停車處。有二輛汽車等候。前一輛坐三人，是颯子與佐佐木坐我兩側。後一輛坐四人，分別是老伴、五子、陸子和淨吉。

「老爺子，對不起，沒跟您說一聲就自己先回來了。」

「妳跟誰有約嗎？」

「不是的，老實說，昨天一整天都陪著老爺子，我真的不行了。從早到晚被您那樣玩弄腳底，再怎麼說都受不了。僅僅一天就令我精疲力盡，只好那樣逃走。對不起。」

聲調不似她往常的作風，帶著矯揉造作。

「老爺子肯定也累了吧。我十二點二十分從伊丹起飛，二點就到羽田了。搭飛機真的很快。」……

……

30 鳩山一郎（1883-1959），政治家，曾任內閣總理大臣。

佐佐木護士小姐看護記錄摘要

……十七日晚間返回東京的患者，或因在京都連日疲勞一股腦發作，十八、十九這兩天多半臥床休養，但不時還是會去書房補寫前一天的日記。二十日上午十點五十五分，發生了以下這起事件。

之前，颯子夫人於十七日下午三點左右自羽田回到狸穴的家。夫人立刻打電話找淨吉先生，告知老人的精神狀態越發奇異，自己已經一天也無法忍受與之同行，因此自行提早歸來。夫妻倆商量後，瞞著老夫人，兩人連袂拜訪友人精神科醫師井上教授，徵詢該如何處理。教授的意見是，老人的病症堪稱異常性慾，目前的狀態算不上精神病，但這種患者隨時需要情慾，顧及那已成為老人的生命支柱，不得不妥善處理，颯子夫人在這方面最好能夠盡量小心，不要讓患者過度亢奮或違逆患者的意思，盡可能溫柔地看護病人，那是唯一的治療方法。因此淨吉夫婦對於老人的返回東京，決定盡可能按照教授的意見對待他。

上午八點，體溫三五・五度，脈搏七八，呼吸一五，血壓一三二／八〇。一般狀態無明顯變化。觀其言行舉止似心情不佳。

二十日　週二　晴

早餐後患者進入書房。似打算寫日記。

上午十點五十五分，患者在異常亢奮狀態下從書房回到臥室。他好像說了甚麼但我無法理解。將患者扶到床上靜臥。脈搏一三六，雖然緊張但並無心律不整或脈搏異常。呼吸二三。患者表示有心悸亢進。血壓一五八／九二。並比手畫腳示意頭痛。臉部表情因恐懼而扭曲。我打電話給杉田醫師，但醫師沒有特別指示。這已非第一次了，這位醫師習慣性忽視護士的觀察。

上午十一點十五分，脈搏一四三，呼吸三八，血壓一七六／一〇〇。再次打電話給杉田醫師但仍舊無指示。檢查室溫、採光、換氣。全家人只有老夫人在病房。

我感到患者必須吸氧氣，急忙連絡虎門醫院，報告病狀後請求使用器材。

上午十一點四十分，杉田醫師來診，報告病情經過。診察後，杉田醫師從醫師包取出注射液親自注射。注射的是維他命K、康特民、內歐非林。打完針杉田醫師還在玄關時，患者突然高聲叫喊，意識不清。全身劇烈痙攣，嘴唇及指尖明顯缺氧發紫。痙攣停止後，出現強烈的運動不安，企圖掙脫壓制跳起。

大小便失禁。整個發作過程約十二、三分鐘，隨後陷入沉睡。

中午十二點十五分，隨侍在側的老夫人突感暈眩，將其送至另一房間靜臥。約十分鐘後恢復正常。由五子夫人接手照顧老夫人。

十二點五十分，患者安眠。脈搏八〇，呼吸一六，颯子夫人入室。

十三點十五分，杉田醫師離去，指示我患者謝絕會客。

十三點三十五分，體溫三七度，脈搏九八，呼吸一八。不時咳嗽，全身強烈冒冷汗，更換睡衣。

十四點十分，親戚小泉醫師來訪。報告病情經過。

十四點四十分，患者清醒。意識明確。無語言障礙。患者抱怨顏面、頭部、頸部有撞擊般的疼痛。發作前的左上肢疼痛消失。依小泉醫師指示給患者服用一顆沙利頓二顆阿達林。患者認出颯子夫人後依然安靜閉眼。

十四點五十五分時自然排尿。一一〇ＣＣ，無混濁。

二十點四十五分抱怨極度口渴。颯子夫人親手餵了牛奶一五〇ＣＣ。給患者喝了蔬菜湯二五〇ＣＣ。

二十三點五分，淺眠狀態。老人已完全清醒，似乎已脫離險境，但難保不會再次發作，為了保險起見最好請東大梶浦教授診察，雖已深夜，淨吉先生還是找到教授前來。診察後表示這並非腦溢血發作，乃腦血管痙攣，因此目前無需擔心。並且指示一天二次，早晚各注射二〇％的葡萄糖二〇ＣＣ，維他命B_1一〇〇毫升，維他命C五〇〇毫升，並在就寢前三十分鐘服用阿達林二顆，索爾奔四分之一顆。今後暫時需靜養二週時間，最好繼續謝絕會客，暫時也不宜入浴，待感覺較舒服時再入浴，就算可以下床了，也頂多只能先在室內走走，再視身體狀況選擇天氣好的日子在院子稍微散步，嚴禁外出，盡量讓精神放鬆，避免深入思考事物或過度鑽牛角尖，尤其不可寫日記等等，交代了一連串縝密的注意事項。……

……

勝海醫師病床日記摘要

十二月十五日　晴時濃霧轉晴

主訴。胸悶發作。過去病史。三十年來皆有高血壓，最高血壓一五〇至二〇〇，最低血壓七〇至九五。有時甚至最高到達二四〇。六年前腦中風，之後有輕微的步行障礙。近幾年來左上肢尤其是手腕至指尖有類似神經痛的疼痛，受寒時更強烈。年輕時曾罹患性病，酒也嗜飲近一升，但最近頂多小酒杯一兩杯的程度。昭和十一年後戒菸。

現在病歷。約一年前起發現心電圖上ST下降、T波低平化等疑似心肌傷害的現象，但直到最近並無心臟不適。十一月二十日，劇烈頭痛、痙攣及意識障礙發作，梶浦教授診斷為腦血管痙攣，依其指示漸趨穩定，但三十日患者與厭惡的女兒發生爭吵，當時左前胸有輕微苦悶感長達十幾分鐘，之後同樣的發作頻繁出現。當時的心電圖與一年前相比沒有明顯變化。十二月二日晚間，排便時用力過度，導致心臟出現劇烈絞痛超過五十分鐘，立刻請離家最近的醫師出診，翌日做心電圖檢查後，發現疑似有前壁中膈心肌梗塞。五日晚間也有同樣的劇烈發作達十幾分鐘，此外每天頻繁出現輕微發作。患者本就有便祕，排便後容易發作。針對發作，過去都是經醫師開藥服用P劑Q劑、吸氧、鎮靜劑、注射罌粟鹼。十二月十五日住進本科（東大內科）A病房。聽取主治醫師S及少夫人的病情敘述後，進行簡單診察。病人略肥胖，貧血，無黃疸，下肢有輕度浮腫。血壓一五〇／七五，脈搏九〇，稍快。頸部有靜脈曲張。胸部兩側肺下葉皆有輕微濕性雜音，心臟無肥大，大動脈瓣口有輕微收縮性雜音。腹部肝脾無腫大。右側上下肢據說有輕微運動障礙，但肌力並未減弱，也無法證明異常反射。膝蓋腱反射兩側都有同樣程度的減弱。

腦神經領域無異常，家人稱其說話能力正常，但患者自陳腦中風後略有異狀。主治醫師S提醒，患者對藥物敏感甚於常人，用正常分量的三分之一或二分之一即可，若照正常用量會藥效過強，少夫人表示，以前靜脈注射曾發生痙攣因此最好避免血管注射。

十六日　晴短暫陰

或許是住院後安了心，昨晚並未發作，據說睡得很好。早晨上胸部有數次輕微苦悶感，每次數秒，但或許是神經性反應。建議服用輕瀉劑防止便祕。患者也察覺這點早已專程從德國買來拜耳公司的伊斯提津服用。患者長年患有高血壓及神經痛，因此對藥物如數家珍，說不定還勝過新進醫師。病床周圍放滿各種藥物，其聲稱不用特別開處方箋，從中選用P劑Q劑繼續服用。再次發作時，指示患者服用他帶來的硝酸甘油錠。枕邊也配有吸氧器，隨時可以注射。血壓為一四二／七八，心電圖幾乎三天都一樣，發現S T・T異常及疑似前壁中膈梗塞之處，胸部X光片發現並無心臟肥大，但有動脈硬化。血沉高，白血球增多，S・G O T值未上升。之前就有前列腺肥大，患者也說有排尿困難、尿液混濁，但今天的尿液清澄無蛋白，糖分呈弱陽性。

十八日　晴後轉陰

入院以來尚未出現嚴重發作。發作症狀主要是上胸部或左前胸部的苦悶感，而且很少持續數分鐘以上。受寒時不僅會神經痛，且容易心臟病發作，病房暖氣不足，因此攜來兩三個電暖爐及瓦斯暖爐。

二十日　微陰轉晴

昨晚八點左右心窩部至胸骨背面出現苦悶感達三十分鐘。服用硝酸甘油錠及值班醫師開的鎮定劑，注射冠動脈擴張劑後，不久便緩解。心電圖與上次無明顯變化。血壓一五六／七八。

二十三日　晴後時陰

每日輕微發作。尿中含糖，因此今早早餐讓患者攝取充分的米飯與配菜，之後檢查血糖值確認有無糖尿病。

二十六日　週日　晴短暫陰

傍晚六點左右左前胸出現強烈苦悶感，持續十幾分鐘以上，醫院來電緊急呼叫。請值班醫師先做緊急處理，傍晚七點趕到。血壓一八五／九七，脈搏九二。注射鎮靜劑不久便穩定下來。或許是因為週日無主治醫生心生不安，似乎容易發作。發作時有血壓升高的傾向。

二十九日　晴短暫雨雪，濃霧後轉晴

最近未出現嚴重發作。向量心電圖也發現疑似有前壁中膈梗塞。梅毒血清反應為陰性。明日起將使用美國剛到的新型冠動脈擴張劑R。

昭和三十六年一月三日　晴後陰後雨

或許是新藥奏效，病情漸有起色。患者聲稱尿液混濁。顯微鏡下可見無數白血球。

八日　晴短暫濃霧轉晴

接受泌尿科K教授的診斷。研判乃前列腺肥大及殘尿造成的細菌感染，教授建議做前列腺按摩並服用抗生素以觀後效。心電圖可看出輕微改善。血壓為一四三／六五。

十一日　時陰時晴

患者從兩三天前就抱怨腰痛，疼痛漸強，正在忍耐之際，下午又出現兩側胸部絞痛長達十幾分鐘。是最近最嚴重的一次發作。血壓一七六／九一，脈搏八七。服用硝酸甘油錠，冠狀動脈擴張劑，並注射鎮靜劑，不久便恢復穩定。心電圖未發現新的病變之處。

十五日　晴

昨天的X光檢查結果診斷為變形性脊椎症。為了避免腰部彎曲，在腰部放置燙衣板，讓患者躺臥床上時身體不致下陷。

中略

二月三日　晴朗

心電圖也大為好轉，最近幾乎連輕微發作也沒有。看來應可很快出院。

七日　時晴時陰

輕快出院。今天是二月罕見的溫暖天氣。患者最怕受寒，因此選擇白天最暖和的時刻以開暖氣的車子載送。卯木家據說也在患者書房開了大型暖爐加熱。

城山五子手記摘要

去年十一月二十日因腦血管痙攣病倒的父親，之後不久又罹患狹心症、心肌梗塞，十二月十五日住進東大醫院，在勝海醫師的照顧下勉強脫離險境，於今年二月七日在住院五十餘天後出院回到狸穴的家。但狹心症並未完全治癒，之後也不時輕微發作，迄今仍每每需要服用硝酸甘油錠。而且從二月到整個三月都沒踏出臥室一步。佐佐木護士在父親住院期間也待在卯木家負責照顧母親，父親出院後又回去照顧父親，從一日三餐到大小便都由她打理，有時阿靜也會幫忙。

我在京都的家中最近也沒甚麼事，因此一個月有一半時間住在狸穴，代替佐佐木護士照顧病榻的母親。父親看到我就不高興，因此我盡量不和父親打照面。這點陸子也和我一樣。

颯子的立場頗為微妙且為難。雖然按照井上教授的提醒，盡量對父親表現溫和態度，但如果過度溫柔或長時間侍奉枕畔，父親往往會感激之下過於亢奮。颯子離開病房後，父親經常病情發作。可她如果一天不在病房出現幾次，病人又必然會耿耿於懷，如此一來肯定會導致病情惡化。

父親也與颯子一樣處於微妙的心理狀態。狹心症發作時非常痛苦，因此父親嘴上雖說不怕死，卻還是憂懼步向死亡時的肉體痛苦。因此好像也努力避免颯子的過度親近，卻又不可能完全不見面。

我沒去過淨吉夫妻住的二樓。但，根據佐佐木護士的敘述，颯子最近似乎沒睡在丈夫的房間，把客房當作自己的臥室。據說春久偶爾也會偷偷溜上二樓。我回京都期間的某一天，父親突然打電話來，我正納悶有何要事，結果他說之前把颯子的腳部拓印紙放在竹翠軒，叫我去拿回來給上次的石匠看，讓石匠雕刻成佛足石那樣。根據大唐西域記記載，釋迦菩薩的足跡迄今仍留在摩揭陀國，腳長六十公分，寬二十公分，雙足有輪相。颯子的腳底用不著刻畫輪相，但長度最好能照著那形狀放大到六十公分。父親叫我一定要按照這個要求訂製。這麼荒唐的要求我怎麼好意思開口，因此我隨便聽聽就暫且掛斷電話，之後再打去回覆：

「石匠據說去九州地區旅行了，改天回來再連絡。」

結果沒過幾天父親又打電話來，叫我把拓本全部送到東京。我只好照辦。

之後佐佐木護士小姐通知我拓本已送抵。父親從十幾張拓本中精挑細選出四、五張最好的，一張一張花上幾小時不厭其煩地熱切觀賞，雖擔心這樣又會讓他興奮過度，卻也不便阻止，護士小姐說，與其讓他直接接觸颯子，還不如讓他這樣滿足比較好，所以就隨他去了。

進入四月中旬後，碰上好天氣的日子他會在院子散步二、三十分鐘。多半都有護士小姐陪伴，偶爾颯子也會牽著他的手。

他之前答應的游泳池當時已開始施工，挖開了院子的草坪。

「蓋了也沒用，反正到了夏天老爺子白天根本不可能去戶外，還不如勸他別浪費這筆錢了。」颯子說。

但淨吉說，

「光是看著游泳池按照約定開始施工，老爸的腦中也會浮現種種幻想。更何況孩子們也很期待。」

瘋癲老人日記

作　　者　谷崎潤一郎
譯　　者　劉子倩
主　　編　林玟萱

總 編 輯　李映慧
執 行 長　陳旭華（steve@bookrep.com.tw）

出　　版　大牌出版／遠足文化事業股份有限公司
發　　行　遠足文化事業股份有限公司（讀書共和國出版集團）
地　　址　23141 新北市新店區民權路 108-2 號 9 樓
電　　話　+886-2-2218-1417
郵撥帳號　19504465 遠足文化事業股份有限公司

封面設計　許晉維
排　　版　新鑫電腦排版工作室
印　　製　成陽印刷股份有限公司
法律顧問　華洋法律事務所　蘇文生律師

定　　價　380 元
一　　版　2019 年 10 月
二　　版　2024 年 02 月

電子書 E-ISBN
9786267378427（PDF）
9786267378434（EPUB）

國家圖書館出版品預行編目資料

瘋癲老人日記 / 谷崎潤一郎 作 ; 劉子倩 譯 . -- 二版 . -- 新北市 : 大牌出版 ,
遠足文化發行 , 2024.02
222 面 ; 14.8×21 公分
譯自：瘋癲老人日記
ISBN 978-626-7378-45-8 (平裝)

861.57　　112022014